HINT

HINT

蘭郁二郎 著
劉愛麦 譯

白金神經少女

腦洞大開的科幻戀情，蘭郁二郎怪奇趣味短篇傑作選

導讀

蘭郁二郎的怪奇偵探小說世界

◎林斯諺／推理小說作家、東吳大學哲學系副教授

本書選錄日本早期作家蘭郁二郎（一九一三－一九四四）七部短篇，包括〈馬蠅的低吟〉、〈腐爛的蜉蝣〉、〈憋氣的男人〉、〈食眠譜〉、〈白金神經少女〉、〈魔像〉以及〈鱗粉〉。這些作品都是選自日本筑摩書房於二〇〇三年出版的《怪奇偵探小說名作選（七）——蘭郁二郎集》。蘭郁二郎的書寫類型不侷限於推理或犯罪小說，還拓展到科奇幻小說與少年小說。本次的選集中除了〈鱗粉〉，其餘六部短篇比較偏重怪奇趣味而非解謎推理。

蘭郁二郎的代表性作品不走本格派（注重解謎推理）的路線，較接近變格派（以描寫犯罪心理或異常行為為主），作品常有異想天開的設定，擅長把對於人體與生理現象之病態性的探究融入懸疑驚悚或犯罪。特色在於怪奇趣味與幻想性。故事性強烈，可讀性高，被稱為奇想派作家。後來轉向科幻小說，但早期部分作品仍有科幻色彩。蘭郁二郎也因其出色的科幻作品而與日本早期科幻名家海野十三並列為科幻小說的兩大重鎮。

除了非系列的奇想作品，蘭郁二郎事實上也著有系列偵探的作品，這些作品都被收錄在日本論創社於二〇一三年出版的《蘭郁二郎探偵小説選Ⅰ》，包括科學偵探月澤俊平的事件簿與少年偵探王系列。可見將蘭郁二郎定位在怪奇、奇想或變格派作家並不全然正確。

本選集收錄的七篇作品，底下依序簡介。

〈馬蠅的低吟〉這篇的副標題是「肺癆之歌」，描述一群肺病患者在療養院之間的情感糾葛所衍生出的犯罪事件。以肺病患者為角色（或提到角色可能有肺病），光在本選集就出現了三次（除本篇外，還有〈腐爛的蜉蝣〉以及〈鱗粉〉）。醫院、療養院這類機構因與人類的痛苦有關，常常成為犯罪小說的場景。例如日本早期本格推理作家大阪圭吉就以精神病院為場景，寫出了名作〈三狂人〉。然而〈馬蠅的低吟〉並非關涉精神異常的題材，畢竟肺病並非精神病，因此故事中並沒有〈三狂人〉那種瘋狂詭異的氛圍，反而更像是充滿了文藝色彩的犯罪愛情故事（這點從本作的分節標題可以看出）。本作結尾有巧妙的設計，但真相是自然而然揭開，並非透過推理得出。

〈腐爛的蜉蝣〉是一篇別出心裁的犯罪故事。描述兩名男人愛上同一名女子，但卻被拋棄，於是各自自我放逐，卻在鄉間巧遇，於是展開一連串精彩的後續發展。這也是一篇側重於描寫犯罪過程與人性的作品，其中的犯罪手段的確異想天開，讓人印象深刻，但結尾的處理又讓人感覺到類似於〈馬蠅的低吟〉那種「罪與罰」的人性反思意味。

〈憋氣的男人〉發表於一九三一年，是蘭郁二郎的出道作。這篇作品其實與犯罪無關，主要是在描述一名男人從慾氣中得到超乎尋常的快感。這種描寫異常怪癖的作品相當符合變格派的精神，只是一般這類作品往往會與犯罪產生連結，但本作更像是在闡述怪癖背後的境界與理念，讓讀者深入精神異常者的心理，而精神異常未必要與犯罪產生連結。這篇奇特的作品無法歸類在犯罪小說或偵探小說，可說是蘭郁二郎獨創的奇想作品。以這樣的作品出道，也難怪蘭郁二郎會被稱為奇想派作家。

〈食眠譜〉與〈慾氣的男人〉相同，都是描寫怪癖的小說。一名男子透過逐漸減少睡眠時間的方式來追求不需睡眠的境界，沒想到故事後面卻發生了轉折。嚴格說來，這篇也是單純描寫怪癖的小說。蘭郁二郎善於想像一般人所無法想像的怪癖，再將之推到極致。不同於〈慾氣的男人〉只停留於對怪癖的闡述，本篇的情節更加飽滿，故事也有意想不到的發展。雖然男主角最後的舉動有犯罪之嫌，但整篇的主軸仍與犯罪無關。描寫異常心理卻不與犯罪掛勾，這可說是蘭郁二郎作品中相當顯眼的特徵，從創作的角度來看，相當不容易達到。

〈白金神經少女〉是一篇十分特別的作品，嚴格說來，它也可以被歸類在蘭郁二郎的怪癖小說之列，因為故事涉及一名對「電」有異常執著的老學者。這名學者從電學發展出「戀愛電學」，進而製造出「白金少女」，讓這篇小說也成為科幻小說。然而精彩的不只是這樣，故事末尾安排的轉折讓這篇作品有著意外結局，而且故事含有一定程度的推理成分（雖然以形式上來說不算本格）。可說是集奇想、科幻與愛情於一身的「無犯罪」作品。構想奇特、佈局奇巧、類型混融卻又無犯罪成分的作品，極為罕見，可說是一篇走在時代先端的作品。在本選集之中，若說有哪一篇可以與代表作〈魔像〉並駕齊驅，非這篇莫屬，讀後餘味也是最佳。

〈魔像〉是蘭郁二郎最具代表性的變格派作品。這篇一樣是怪癖系小說，描寫一名對攝影有狂熱的男人拍攝各式各樣的照片，而且用各種方式讓照片充滿恐怖驚悚感，再將這些照片共同陳列於一個房間。這故事讓人聯想到江戶川亂步的〈鏡地獄〉，有類似的構思。然而，不同於〈愍氣的男人〉與〈食眠譜〉，本作是貨真價實的變格派作品，其中的怪癖已經發展成變態犯罪心理，因此與具體的犯罪行為相連。最後的結局帶給讀者相當的震撼。本作不論是構思或佈局，不愧是蘭郁二郎的代表之作。

〈鱗粉〉是本選集中唯一以解謎為主題的小說，描述患有肺病的主角被捲入兩件「不可能的犯罪」（impossible crime）。第一個案子是一名女人在眾目睽睽下趴在沙灘上休息，後來卻被人發現心臟部位插了一把匕首，問題是沒有任何人接近過她，所以凶手是如何辦到？第二個案子是凶手被人目睹與被害者走入樹林，但卻在被監視的狀態下憑空消失。第一個案子中的不可能狀況可說是密室之王約翰・狄克森・卡爾（John Dickson Carr）最喜愛的謎團種類之一。在卡爾的小說中常常可見被害人在眾目睽睽下突然死亡，事後檢查屍身發現是近距離他殺，但死者倒下前沒有任何人接近他。〈鱗粉〉發表於一九三七年，而這種不可能狀況在卡爾一九三七年之前的作品就已經出現過，如《歪曲的樞紐》（*The Crooked Hinge*）以及《獨角獸謀殺案》（*The Unicorn Murders*），因此並非蘭郁二郎獨創。平心而論，本作的兩件不可能犯罪的解謎都算不上精彩，反而是故事的推演以及結尾懾人心神的安排更讓人印象深刻。這也說明了蘭郁二郎的精彩之處還是在於奇想。但本作作為解謎推理小說，仍是一篇中規中矩的作品。

在第二次世界大戰的太平洋戰爭中，蘭郁二郎以海軍特派員身分前往印尼途中，因飛機失事而死亡，那年是一九四四年，他才剛滿三十歲不久。這讓人想起一樣是年紀輕輕就在戰爭期間病故的大阪圭吉，一樣是曇花一現的推理彗星。如果沒有殘酷的戰爭，當時日本推理文壇不知還會誕生多少精彩的作品。如今看到蘭郁二郎的作品重新出版，除了欣喜，心中卻也感到遺憾。

目次

馬蠅的低吟

——肺癆之歌——

想著想著，我竟情不自禁地哼起那首陰森的歌曲。夫人說得沒錯，如果把這首歌的音符連起來，眞的跟體溫表上的曲線很相似。

破曉是森林的氣味

清爽的六月晨風撫過我寧靜的臉頰。

我已經醒來一陣子了。在初夏陽光的照耀下，這座位於湘南的「海濱療養院」即將露出全貌。

我試著豎耳聆聽，但周遭鴉雀無聲。對面山崖上高聳的松枝正靜靜地隨風搖曳，泛黃的白絲綢窗簾正與晨風悄然嬉戲，那不斷被吹起的模樣，看上去就有如裊裊升起的煙霧，又或是隨波逐流的海草。

此時此刻，只聽得見萬丈光芒落下的聲音。

純白的天花板與牆壁、純白的床，以及反射出純白光影的地板……。一股剛睡醒的強烈倦怠感向我襲來，我不知不覺再度闔起雙眼，並聞到了一股味道。

味道從那扇一整年都開著的窗戶飄了出去，彷彿要將窗外的那座森林——那座深暗的森林一路劃開似的。

睜開雙眼，遠方似乎有護士在走動。我身體維持不動，斜眼看向視野最邊緣的時鐘，指針正指著六點半。

我輕咳了兩三聲，忙著用舌尖將夜裡累積的老痰「呸、呸」地吐在痰盂中。一股福馬林的氣味撲鼻而來，仔細地檢查完吐出的痰塊後，才安下心起身。

——接下來是療養院每天的固定流程。

六點起床量體溫，七點吃早餐，九點到十一點進行隔日檢查，十二點量體溫、吃午餐，之後午睡到三點，起床量體溫，五點半吃晚餐，晚上八點量體溫，九點熄燈……。

除此之外基本上無事可做。療養院每天不斷重複這套流程，彷彿早在療養院建好前就已有這樣的慣例似的。

起身後我往窗外看去，花壇裡的大理花恣意盛放。看著那豔麗的酒紅色，我熟練地將體溫計夾在腋下，在感到一陣冰涼的瞬間，想起了幾個月前住進療養院的那一天。

剛住院的我對這個地方一無所知。記得當時我百無聊賴地躺在床上，一位叫做小雪的實習護士來到我身邊，毫無預警地將體溫計插入我的腋下，不僅嚇了我一大跳，還不小心扯斷了我兩、三根腋毛……一想到小雪當時有如呻吟般、交錯著各種感情的輕呼，以及她滿臉通紅的模樣，我就忍俊不住……

「嘻嘻嘻……」

我抖著身體笑了起來，腋下的體溫計也跟著上下抖動。

「心情這麼好啊？早啊！」

「嗯……？」

我循聲往門口看去，原來是住在同棟病房的丘子夫人，她手上拿著牙刷，滿面笑容地看著我。

「妳也早啊……」

「真是個美好的早晨，你看，百合花都開了呢！」

「是喔？」

我抽出體溫計，一邊整理睡衣的前襟，一邊確認水銀柱上的度數。

「三十六度多……」我低聲說道，「還不錯嘛！」然後用雙腳找出拖鞋套上。

「妳說哪邊？」

「你看，就開在那邊的高處。」

丘子夫人伸出手，露出她那白到幾乎透光的手臂，用手上的牙刷指了指窗外。

我戀戀不捨地將眼神從她那佈滿靜脈的手臂上移開，抬頭望向窗外的山崖。

「喔，真的有呢……」

「你不覺得那些花的花粉……很誘人嗎？每次盯著那些被露水沾濕的花粉或是花蕊瞧，我都會興奮到全身發抖。」

「是喔……」

在我看來，丘子夫人的心早已熟透，甚至已經開始腐敗，但在那一刻，我彷彿碰觸到了她赤裸裸的真心。

丘子夫人穿著毛巾布質料的華麗日式睡衣，雖然不是西式的，但穿在留著短髮的丘子身上，卻散發出一股不可思議的協調感。

「我先去洗漱囉。」

說完，丘子夫人便踩著拖鞋，沿著陽光明媚的走廊往盥洗室走去。

看著她頂著一頭亂髮的背影，一股奇怪的感覺在我心中油然而生。我走進房間，冷不防地打開抽屜，一把抓起牙膏牙刷便跟了過去。

「吃飯時間到囉……」護士沿著病房一間一間輕喚道。

這間療養院是安排輕症病患到玻璃屋一同用餐，因為比起一個人在病房默默吃飯，跟別人一邊聊天一邊吃通常胃口會比較好。

「早安……」

「喔，早啊……」

這棟兩層樓的病房總共住了十名病患，來玻璃屋吃飯的加我一共是四個人。一人名叫青木雄麗，他畢業於美術專科，住院前是在朝鮮的中學教書；一個則是丘子夫人，她房門口的名牌上寫著「廣澤丘子」四個白字，雖然大家都叫他「夫人」，但她先生從來沒有來探望過她，大概是很嫌棄她得了肺結核吧；另一個名叫諸口君江，才剛從女中畢業。

每次我們四人見面，第一件事就是聊誰的病情又惡化了、誰又發燒了，然後像投資大師一樣鉅細靡遺地談論體溫，包括小數點後面的數字。用完餐後，我們就會爬上玻璃屋二樓，隔著松枝望向蔚藍大海，一邊聽唱片一邊閒聊，等待飯後三十分鐘該吃的藥粉。這段時間大家通常都聚焦在丘子夫人身上，她說話時經常張開那雙奶油色的白皙手臂，誇張的模樣令人招架不住。

閒聊一陣後，丘子夫人掃視著眾人說：「我今天也有點發燒喔……」

「怎麼會……」

「妳還好嗎？」

諸口小姐的語氣盡是擔心。

「呵呵呵，我每個月都會發燒一次。」

「是喔……」

「呵呵呵。」

面對丘子夫人大剌剌的態度，大家只能默默移開視線，然後啜飲一口已經涼掉的茶。我悄悄瞄向青木，此時的他正皺著眉頭，一臉苦澀地用茶漱口，故意發出很大的聲響。雖然這麼形容很沒創意，但青木本人就像隻「瘦皮猴」。他從美術專科學校畢業後就到朝鮮教書，在那裡咯出血後，便馬上請假到這裡療養。目前他的體溫已然穩定，他曾說，離開朝鮮、搭上回日本的關釜聯絡船後，眼前就是一片彩色，感覺病都好了。他還說，要趁這段期間好好休身養病。

有一次聊完繪畫專業後，青木就常以「畫肖像畫」的名義待在丘子夫人的病房裡。諸口小姐對此頗有微詞，雖然我也察覺到了他倆不尋常的關係，但卻故作不知。

「別人要怎樣是他們的事……」

是的，我喜歡諸口小姐。看到青木跟丘子相好……我是有些不是滋味，但內心深處卻別有他想，我希望他們最好湊成一對，這樣我就能順理成章地跟諸口小姐拉近距離。這種卑鄙自私的想法，與我「肺結核病患」的身分非常相稱。

這天吃完早餐、人員把餐盤收走後，我們四人一如往常聚在一起聊天。不出我所料，期間大多都是青木和丘子在打情罵俏，我和諸口小姐則有一搭沒一搭地回話。

諸口小姐剛從女中畢業，年齡估計只有十八、九歲。她穿著花朵圖案的輕便式和服，因為在療養院經常得上下床，她將腰帶綁在比較好活動的胸下，看上去相當天真爛漫。那可愛的雙唇彷彿剛咯完血般地嬌嫩紅潤，一雙烏溜溜的大眼睛，以及與肺癆體質非常相配的長睫毛。如今她好不容易熬到穩定期，但體力尚未恢復，身體還是發著低燒，也因為這個原因，她的雙頰微微泛紅，與晶瑩剔透的肌膚形成美麗的對比。

丘子夫人與天真爛漫的諸口小姐完全相反，她是個發育完成的女性，已然熟透的身體散發出近乎神奇的魅力，那主動積極的能量令人招架不住。認識她們兩個後，我才知道原來女性的美可分成兩種。諸口小姐柔弱嬌媚，屬於古典的靜謐美；丘子夫人熱情剛烈，有如愛情地獄中的美麗魔鬼，隨時準備用她的熊熊烈焰將一切燃燒殆盡。

我無法判斷這兩種美誰勝誰負，不可否認的是，丘子夫人那有如妖婦般的美豔極具魅力，感覺她會用那雙軟綿綿的手臂，像絲綢一般鎖住我的脖頸，啜飲並吸乾我的鮮血。

不過，像我這種自私自利、滿口阿諛奉承的人，根本無法征服丘子夫人身上那股能量。因此，我很期待捷足先登的青木會有什麼下場。如今的我就有如一隻等待獵物的蜘蛛，擺出一副人畜無害的表情，靜待諸口小姐自投羅網……。

我在一片萬籟寂靜中吸收午前的陽光。這時，一道鐘聲響遍了整座療養院，提醒大家已到九點看診的時間。每到這個時間，我們這些輕症病患就必須自己走到診療室給醫生看診。

鐘響後，各棟病人就會穿過走廊，又或是穿過草皮步道來到一間窄小的候診室，坐著等待叫號。我所在的第三病房樓必須穿過走廊才能抵達候診室，去看診的同樣只有我們四個人。

這條寬廊的單邊是一整排病房，裡頭的病人無論男女老少，都只能看著白色天花板發呆。這些人一定很羨慕我們可以自己走去診療室，每當我們經過，他們總用充滿嚮往的眼神緊盯著我們，直到我們離開他們的視線為止。丘子夫人每次走在走廊上都故作活潑，朗聲向護士和不認識的病人道早安。

當我們抵達診療室時，已經有四、五個人脫掉上衣在等了。

「請進……」

「那我先看囉……」

丘子夫人熟練地拉下上半身的和服，坐到副院長面前。

「狀況還好嗎？」

「還好……」

兩人之間只有例行公事的對話。成河副院長一副懶洋洋的模樣，先是看了看病歷，然後戴上聽診器。

我本來只是呆呆地看著副院長的動作，卻在這時倒抽了一口氣。

我今天坐的位子，正好可以清楚看見夫人上半身的裸體。眼前那對傲人的雙峰看上去完全不像肺結核病患的乳房，不斷挑逗著我。她的肌膚光滑細緻，看上去有如蓋了一層奶油色的絲綢一般。在逆光的照耀下，我能看見她乳房上有如金絲般的細毛，兩座隆起的中間是一道柔嫩的溝槽，那有如魔鬼巢穴一般的陷落處，彷彿在向我們賣弄似的。看著看著，我甚至產生了視線萎縮的錯覺，急忙眨了兩三下眼睛。青木就坐在我的隔壁，我能感受到他粗重的呼吸。

看診結束後，我們四人便一同前往日曬區。日曬區位於療養院的邊緣處，院方在白楊樹和紫藤的下方鋪了葦蓆，又在葦蓆上擺了幾張躺椅。躺在躺椅上能看見療養院的紅色屋簷，與清澄的藍天形成鮮明的對比。

我們在躺椅上休息，閉上眼睛後，周圍就彷彿沉入深深海底一般寂靜無聲。很偶爾才會聽到肥大的馬蠅拍著沉重的翅膀、在已結出果實的紫藤樹下徘徊不去的聲音。南風的香氣乘著潮水，從蔚藍大海吹拂而來。

半晌，我彷彿聽到有人在暗笑的聲音。我循聲瞄了過去，原來是躺在隔壁的諸口小姐，她似乎想到了什麼有趣的事情，一個人看著天空偷笑。她忍得相當辛苦，彷彿有人在搔她癢似的，笑得眼歪嘴斜，我以前好像也有笑成那樣的經驗。

「她在看什麼？」我心想。

在好奇心的驅使下，我循著她的視線看去，但只看到紅色屋簷。

「怪了……」

我再次循著視線看去，這次卻被眼前的景象嚇了一跳，忍不住看了好幾眼。紅色屋簷上方的藍天有一大片純白的積雨雲，圓滾滾的雲朵交織出了不可言說的形狀。

在明白諸口小姐笑什麼後，一股厭惡感猛然湧上我的心頭，原來這個文靜的肺結核女孩，骨子裡其實跟丘子夫人沒兩樣。

「咳咳……」

我故意對著隔壁咳了兩聲。

「諸口小姐，今天天氣真好……那片雲，白的就像剛洗好的脫脂棉呢。」

「白雲跟脫脂棉本來就很像啊，這還用說嗎？」

她悄然收起笑歪的表情，換上一張輕蔑的嘴臉。

「呵呵……」

我暗笑了兩聲，在豔紅大理花的照映下，她微微泛紅的臉龐比平常更加美麗了。

我稍稍立起上半身往前看，丘子夫人就躺在諸口小姐的對面，瘦到乾巴巴的青木則躺在夫人旁邊，兩人都沒有睜開眼睛。丘子夫人高挺的鼻子上浮著有如露水的汗珠，灼灼日光幾乎要在我們周圍掀起熱浪。

這時我身旁的躺椅傳來了吱呀聲，只見諸口小姐立起了上半身、靠向我悄聲說：「其實我有點擔心……」

「擔心什麼……？」

「當然是病情啊……我的身體好像愈來愈差了……我是說真的……就像現在，我覺得自己好像快發燒了……」

「傻瓜……妳就是亂擔心一通才會發燒……閒閒沒事做才會想那麼多。別再多想了，倒不如看看白雲、幻想一下，對身體還比較好……」

「咦……」她似乎嚇了一跳，先是露出一個僵硬的笑容，然後撥了撥耳邊的頭髮，微微瞪了我一眼說：「唉，人心難測啊……」

「哈哈哈……妳在說誰啊？」

「……夫人與青木啊……你知道的。」

「什麼事啊？」

「什麼嘛……原來你不知道啊？真是傻人有傻福。」

「我知道他們很要好。」

「誰都看得出來他們很要好好嗎？」

「他們發生什麼事了嗎？」

「……嗯……算是吧，我們到那邊說……」

諸口小姐躡手躡腳地起身，穿過草皮往池塘的方向走去。我見狀也悄悄起身，斜眼確認夫人與青木沒有被吵醒後，才急忙跟了過去。

池塘裡的睡蓮已長出花苞，池面照映出天空中有如麵筋般的點點棉雲。

「妳要跟我說什麼？」

「就是啊……每天晚上熄燈後，青木先生都會去夫人的房間找她。」

「喔……」

「然後啊，你猜怎麼著……」她繼續說，「他居然是去畫畫的，畫在夫人的皮膚上……也就是幫夫人刺青。」

「不會吧？」

「真的啦！夫人的房間就在我隔壁，所以我很清楚。」

「可是……如果他真的幫夫人刺青，看診時應該會看到啊……」

「這就要看刺在哪裡了。」

「也是……可是他為什麼要幫夫人刺青啊？」

「討厭啦，這我怎麼知道，我只是在隔壁房，又不在現場……」

「喔……」

「……他們的關係似乎很親密。」

諸口小姐遮口打了個呵欠。

「是喔……」

聽完這件事，一股前所未有的鬱悶感向我襲來。該說是嫉妒嗎？那是一種坐立難安、噁心反胃的感覺。仔細想想，我對夫人並不特別感興趣，但不知道為什麼，這件事讓我對青木非常反感，這股不愉快的感覺有如熊熊烈火般在心中燃燒。

我胸口一緊，一想到青木那種人居然敢跟夫人這麼親近，就感到氣急攻心。就在這時，中午的鐘聲沉沉響起。

才回過神來，便看到遠方病房樓的護士站在窗邊對我們招手，那嘴型是在說：「吃飯時間到囉……」

正午是向日葵的氣味

聽諸口小姐說完刺青的事後，那天吃飯期間，我總是不自覺地看向丘子，即便提醒自己別再看了，還是忍不住注意起她的一舉一動。

大概是因為天氣變熱了，最近丘子似乎沒什麼食慾。她將手肘撐在桌上，睜著水汪汪的眼睛，突然若有所思地唱起了《幽默曲》（*Humoresque*）的其中一段——

有如月亮的嘆息　依稀可辨的旋律
劃過黑暗傳來我耳邊
此身淒涼內心惆悵　就讓這首消愁的歌　響徹在我心扉
它是一首　悄然響起　消除心愁的歌
它更是首　不為人知　催人落淚的詩

她唱著唱著，雙眸竟泛起了淚光。

「你覺得這首歌怎麼樣？」

「什麼怎麼樣？」

「這首歌是青木先生教我唱的，我覺得這根本就是一首『肺痨之歌』。」

「你是說歌詞嗎？」

我愣愣地問道，她突如其來的問題讓我有些不知所措。

「不是……部分算是啦。我是說旋律，你不覺得，這首歌的旋律跟那張體溫表的曲線一模一樣嗎？抑揚頓挫都驚人地相似，這未免也太過巧合了。」

「喔……真的是呢……」

「我每次唱這首歌都覺得很害怕，你看，『它是一首　悄然響起　消除心愁的歌』這句歌詞的地方，音調不是會突然上升嗎？對照體溫曲線，就是大約四十度的高燒……我覺得自己的病程現在就落在那邊，我很快就要發高燒了……」

丘子夫人說這話時，美麗的臉龐蒙上了一層苦楚與淒涼，這表情一點都不適合開朗的她。

「她是怎麼了……身體不舒服嗎……？」想著想著，我竟情不自禁地哼起那首陰森的歌曲。夫人說得沒錯，如果把這首歌的音符連起來，真的跟體溫表上的曲線很相似。

我很清楚這只是人在病中的胡思亂想，但身為肺結核病患，我能明白那種病中特有的、潛伏於心中的畏懼感。我們只能用忐忑不安的心情凝視這份恐懼，以及神經在極端銳化後所發出的痙攣。

沒想到擁有惡魔般美貌的丘子夫人，也會被這種末梢神經式的恐懼嚇得坐立不安。此時的她看起來就是個惹人憐愛的小女人，這是我之前想都沒想過的。

青木和諸口小姐雙雙靜默不語，但我知道，他們一定在心中唱著《幽默曲》，一次又一次地哼唱那段平凡又奇異的旋律。

「現在是靜養時間，天氣又那麼好，我們一起去日曬區吧。」

我刻意敲了一下桌子才起身，想藉此化解尷尬的氣氛。

「好啊！」

諸口小姐也仰首起身。

就在這時——

夫人突然咳了幾聲，發出一種像是要把心臟吐出來的聲音，隨後便整個人趴倒在桌上。

「咦？」

還沒等我反應過來，丘子夫人的口中便流出了鮮血與血泡。鮮血在純白的桌布上滲透擴張，彷彿在畫一張紅色的地圖似的。

她咯血了！

我們三人見狀立刻上前，甚至急得撞翻了椅子，發出了幾聲巨響。

「護士……護士小姐……」

諸口小姐將顫抖的雙手交疊在胸前，她蒼白著一張臉，用呢喃似的語調叫喚護士。

「夫人，別怕，妳不會有事的！」

青木急忙將桌布墊在丘子的胸前。

丘子趴在桌上不斷吐血，背部不斷上下激烈起伏，呼吸也變得非常急促……

「沒事的！別急，別怕。」

只見護士長衝了過來，用極其熟練的動作扶起了她。

……丘子虛弱地抬起臉來，睜著大大的眼睛不知道在看哪裡，一雙眸子濕潤得像是沒有眼白似的。半晌，她終於想到我們三個也在旁邊，隨之露出了一個死氣沉沉、低微而淺薄的笑容，殘留在她口中的鮮血就這麼從微張的雙唇間流了下來，有如紅線一般，消失在尖下巴的末端。

在護士的催趕下，我們匆匆離開了玻璃屋，前往日曬區。

經歷完剛才的一切，我與青木、諸口小姐的神經都緊繃到了極限。此時屋外的陽光對我們而言實在太過炫目，才踏出玻璃屋，我們便踉踉蹌蹌停下了腳步。日光有如腐敗的向日葵一般，帶著草木的臭味從腦門滲進我們體內。

我們有如被什麼東西擊潰了似的，無力地躺上躺椅，三個人都沒有說話。眾人閉上眼睛，很努力地想要平靜下來，但神經卻異常地亢奮，腦中不斷想起那攤起泡的鮮血，以及令人毛骨悚然的《幽默曲》。丘子夫人的歌聲非常美妙，歌曲旋律隨著脈搏傳遍全身，在我們的體內低聲細吟。

亢奮的神經讓我發慌不止，正當我閉著眼睛、聽著馬蠅那有如喘鳴的沉重振翅聲時，實習護士小雪走了過來。

「三點了，你量體溫了嗎？」

「抱歉我忘了，現在馬上量。夫人她還好嗎？」

「嗯……」

我將體溫計夾進腋下。看著小雪稚嫩的臉龐，直覺告訴我，夫人的情況並不樂觀。

「醫生說，現在夫人剛好身體狀況不是很好，所以出血一直止不住……」

「這樣啊……她發作得真不是時候……」

我覺得自己好像也發燒了，心驚膽跳地看向體溫計，上面顯示三十七點五度。

「糟糕……」

一陣胸悶感驟然向我襲來。

「我也發燒了。」

「看到丘子夫人那樣後……大家身體都不太舒服……諸口小姐也是臉色很差，已經回到自己的病房休息了。」

被她這麼一說，我才發現諸口小姐和青木都不見了。

「別擔心……這是心理作用……」我在心裡安慰自己，但嘴上還是叨念了兩、三次三十七點五這個數字，然後無力地躺回躺椅。

小雪則悄然拿起毯子蓋在我的腿上。

不久後天空開始泛紅，將藍天逐漸渲染成紫色，一股朦朧的水氣從森林深處流瀉而出。晚餐的鐘聲一如往常地響起，彷彿今天什麼事都沒有發生似的。

雖然我一點都不餓，但還是習慣性地起身，沿路整理後腦勺睡亂的頭髮，往玻璃屋的方向走去。

進到餐廳後，只見諸口小姐一個人坐在裡面，她的臉龐看上去比平常更削瘦了。

我倆沒有說話，一想到剛才丘子夫人在這裡狂吐血的模樣，原本就低落的食慾便消失殆盡。

「青木先生呢？」我問小雪。

「我不知道，剛才去日曬區的時候就沒看見他了……」

青木那傢伙應該也沒食慾吧……是不是在夫人的病房呢？

我試著想像他幫夫人敷額頭降溫的模樣，不禁嗤之以鼻。

我們食之無味地吃完晚餐後，青木還是沒有出現，他的湯都涼了。

「小雪，妳有看到青木先生嗎？」

護士長過來問道。

「沒看到，他不在病房裡嗎？」

「他不在病房，也不在夫人那，到處都找不到人。」

「會不會去散步了呢？」

「是的話也太久了。」

護士長與小雪竊竊私語了一陣。

「你們找不到青木先生是嗎？」我插嘴道。

「是啊，現在到底是怎樣，真傷腦筋……」

一股不祥的預感湧上我的心頭。

「怪了……」

「到底跑哪去了……」

護士長將身子探出二樓欄杆，仔細掃視這座即將進入黃昏的療養院。

諸口小姐則半閉著雙眼，啜飲了一口綠茶。

黃昏是罌粟的氣味

吃完飯後，我去了一趟丘子夫人的病房。她睡在純白的病床上，彷彿整個人都要陷入床墊似的，額頭上滿是汗水，急促的呼吸導致胸中不斷傳出劇烈的摩擦聲。

一名無精打采的年輕護士坐在床邊的椅子上，手上拿著一條濕毛巾，茫然地看著夫人的睡臉。

我垂下眼，正好看見病床旁的金屬臉盆，裡面裝滿了紅色液體。剎那間，我覺得自己好像做了什麼壞事似的，倉皇逃離了病房。

才出病房，便看見諸口小姐站在門口。

「她還好嗎……」

「……」我搖了搖頭，什麼都沒說便離開了。

「她沒救了……」走在長廊上時，我不斷重複著這句話。

話說回來，青木那傢伙到底跑哪兒去了？

經過青木的病房時我特別探頭看了一下，但裡面沒有人。

我回到病房準備吃藥，一拉開抽屜，一個厚厚的白色信封便掉落在地，把我嚇了一跳，似乎是誰特別塞在縫隙裡的。

「咦？」

撿起來一看，信封正面寫著「河村杏二先生收」，背面則寫著「青木雄麗」。

我心驚膽跳地拆開信封，讀著讀著，我的雙手顫抖不已，嚇出了一身冷汗。

河村杏二先生

我已經沒有時間了，但不知道為什麼，我還是想要寫這封信給你，希望你能撥冗讀完。

事情是這樣的，說得極端一點，害死丘子夫人的是我……請你別急著露出驚愕的表情，我不是你所想的那種瘋子，喔不，也許我真的是個瘋子，這麼說或許有些矯情，但我是一個為「愛與藝術」而發狂的瘋子。丘子是我遇過最理想的女性……但世事總是不如人意，我好不容易遇到的真命天女，竟是一位大企業家的妾室。你懂我的心情嗎？聽完我接下來說的話，你肯定會覺得上天跟你開了一個大玩笑。你知道丘子夫人是誰的小妾嗎？她是河村鐵造——也就是令尊的小妾。我想你應該對此毫不知情吧，丘子住院那麼久，你有看過誰來探望她嗎？大家都喚她夫人，你有見過她的另一半嗎？沒有吧。令尊擔心被你撞見，所以一直沒有前來。當然令尊也曾建議她換間療養院，但她不肯……因為這裡有我和你。只要你住在這裡，我與丘子就能毫無顧忌地風花雪月。杏二老弟，在此我要向你致上深切的謝意，謝謝你在不知情的情況下，成了我倆戀情的防波堤。然而，最終等待我們的還是一場悲劇。最近我一直為病情復發所苦，無數的毒蟲不斷啃食我的肺部……沒錯，我倆的戀情喚醒了沉睡的結核菌……體溫表上的體溫就有如我所做的荒唐事，全都被小雪如實記錄在表單上……。

知道自己時日不多後，我的內心感到相當焦慮，那讓我產生了一個想法，那就是在世間留下一個足以讓自己滿意的作品。於是，我決定竭盡所能，在世上最尊貴的畫布——也就是丘子那有如絲綢般的美麗肌膚上畫上我的作品。所幸丘子答應了，為了象徵我的「見不得光」，我特地用化妝用的白色鉛粉幫她刺青，這種刺青平常看不到，只有在泡完澡或喝酒後等皮膚變紅時，才會隱約浮現出白色圖案。就像男人在幾杯黃湯下肚後，都會想起以前的女人那樣……。

我為她刺了一隻毛茸茸、胖嘟嘟的白蛾。牠有著厚實的身體、帶有毒粉的厚翅，看上去毒辣辣的……緊緊吸附在她的大腿上。那波動起伏的模樣，看上去彷彿有生命似的。不，那就是隻有生命的蛾，牠繼承了我青木雄麗的生命。

可是……最近有件事情讓我非常不悅，那就是……我發現你對丘子產生了非比尋常的感情。更糟的是，丘子好像也注意到了。當然，這可能只是我的疑心作祟。但是，丘子最近對我沒有以前那麼熱情了……我既著急又苦惱，在這些情緒的催化下，我的身體很明顯地每況愈下——這也是最近我謊稱「身體沒有異狀」、不給醫生看診的原因。我的身體我自己清楚，我的身體在發燒，就連呼吸都是燙的，我已經放棄希望了……你應該懂我的心情吧？我已是將死之人，殺死丘子後，我的時日也不長了。

於是，我告訴她刺青還需要最後的潤飾加工，雖然她很不願意，但我還是半強迫式地為她刺了最後一次。我用沾了劇毒的針尖，在那塊絲綢上加了五筆暈影。這種藥物我想你是知道的，它能讓血液失去凝固性，只要一出血，就會像罹患血友病一樣血流不止而死。我非常清楚丘子的身體狀況，這就是整件事的來龍去脈……還有一件事，既然橫豎都是一起死，為什麼我不採取更殘暴的手段？只能說，我是個天殺的混帳……我想你應該懂的，病人對「活下去」這件事都有很強的執著，如果沒有人把丘子的死因懷疑到我頭上，我可能現在還在若無其事地跟你聊天，然後對你展開復仇計畫。然而，人真的不能做壞事……丘子在那首惡魔之歌的引誘下喀出鮮血，我這才明白，這一切都是天大的誤會。她並沒有對我失去熱情，而是真的身體不舒服。她努力忍耐不適的模樣，在我眼中卻成了冷漠與疏離。我想告訴你，丘子她還愛著我，但我卻殺了深愛著我的她……我不想再寫下去了，當你讀到這封信時，我應該已經不再這個世上了，洶湧澎湃的無垠大海正等著我。最後，請幫我向令尊鐵造先生問好。

青木雄麗

讀完這封信後，我搖搖晃晃地倒在病床上，然後顫抖著手打開抽屜，從紅色藥包中拿出三顆安眠藥，一鼓作氣吞下肚。內心的激動與亢奮令我頭暈目眩，完全無法起身。

藥丸深入喉嚨後，一股罌粟的氣味一路蔓延到我的鼻腔。

就在這時，白天看到的馬蠅與刺在丘子大腿內側的蛾突然闖進了我的腦中，一下變得異常龐大，一下又變得有如針頭般渺小，不斷振翅低吟盤旋，我甚至無法分清牠們。之後我陷入了有如微溫泥沼般的睡夢之中，但不知道為什麼，我竟清楚記得醫護人員用擔架將丘子夫人的屍體送入太平間的景象。

腐爛的蜉蝣

這座紅燈區雖然位於鎮上一隅，卻與小鎮判若兩地。

這裡的道路在屋簷下縱橫交錯，窄得跟庭間小道似的，每走一步腳下的水溝蓋就會鏘鏘作響。

一

黃昏——朦朧的暮靄從地面湧現，每到這個時間，我就會感到坐立不安。

如果正好碰上晴朗明媚的日子，我就會更加躁動，有如發情的貓一般搔首踟躕，無法乖乖待在家裡，彷彿要去尋找遺留在某處的白日痕跡似的，漫無目的地走在路上。

——那時我住在太平洋沿岸的一座小鎮。為什麼我會捨棄繁華的「東京」，遷居到這座沒有半盞霓虹燈的小鎮呢？這並非出自我的本意，而是因為當時我在東京失戀，又被診斷出有嚴重神經衰弱的問題，便索性離開東京這個傷心之地，搬到這座小鎮，租了棟小別墅暫住。

自從搬到鎮上後，我與東京的交流，就只剩下每個月下旬老母寄來的生活費與手寫信，以及我簡單的回信。雖然從這裡搭火車到東京不用兩個鐘頭，但我跟東京的互動僅止於此。一想到寧寧……（是的，如今我仍清楚記得這個過往戀人長什麼樣子，雖然她曾讓我感到近乎瘋狂的痛苦，留給我的回憶簡直可用慘無人道來形容，但我現在想起她就像偶然想起某個女明星一樣，心中毫無悸動……）一想到寧寧正與她的新情人——木島三郎在東京某處親暱地生活著，我就覺得整個東京淫穢至極，一道酸液湧上喉頭。

在我忘掉這件事之前，大概都無法搬回東京……

我就是因為這樣，才會等不到入春就搬進這個荒涼的海邊小鎮。

然而，我愈是急著要忘記寧寧，就愈容易想起她那有如純棉娃娃般、被曼妙曲線所包覆的肉體。那讓我感到穿心般的疼痛，而每到黃昏時分，這份誘惑就會變本加厲。

那些日子有如斷了線的風箏，每到薄暮之時我就靜不下來，只能漫無目的地出門，吹著寒風、越過防風沙丘，像隻流浪狗般徬徨徘徊。

有時我會走在剛退潮的硬沙上，又或是像桅杆一樣佇立在岸邊，目不轉睛地盯著逐漸黯淡下來的海平線，看著海另一頭的隆起鼓漲。不然就是看著右側太郎岬上那片被夕陽染成朦朧紅的樹林，感受心中有如少女情懷般的感傷，然後筋疲力盡地坐在有如骨骸般的流木上，憐惜腳掌傳來的沙中餘熱，新奇地聽著那一成不變的海浪聲。

那是我剛來到這座小鎮一個多月時發生的事，當時我每天都在虛度光陰，過著心煩意亂的日子。

那天我於黃昏時分走在路上，一個男人悄聲無息地出現在我面前。

男人身材削瘦，身穿藏青色的平紋薄和服，腰間的腰帶綁得相當隨性，海風從正面吹起了他艾草般的頭髮，導致他的顴骨看起來特別顯眼。

其實我第一次出門散步就注意到他了。他每天都跟我在同一時間到海邊散步，久而久之，他那步伐蹣跚的身影，在這空無一人的海邊成了一種理所當然。

「呦！」

那天是他先跟我搭話的，他打招呼的口氣極為自然，彷彿在路上偶遇十年老友似的——至少我是這麼覺得的。他的態度讓我不禁懷疑我倆是不是早就認識了，於是，我也毫不猶豫地「呦！」了回去，然後向他輕輕點了個頭。然而，他接下來說的話卻令人愕然。

「不好意思，請問你得了肺結核嗎？」

「咦？」我先是愣了一下，然後有點倖倖然地回道：「怎麼？我看起來像肺癆鬼嗎？」

「啊……抱歉抱歉，我是看你這麼年輕，卻在這個時節每天來這座孤寂的海岸閒晃，所以才誤會了……我想說如果你是肺癆，就教你一些養病的良方……」

他看起來很是過意不去。

「我沒有肺癆，但有心病，我感染了一種名為女人的病菌……」我打趣地說，用玩笑話將他從愧疚中拯救而出。為什麼我會這麼做呢？一方面是因為他所散發出的怪異氣息從很久以前就引發了我的好奇心，一方面也是因為我想找個人說說話。

「唉呀，這種病菌用顯微鏡看不到，只能用望遠鏡看，而且感染後會出現很多症狀喔，像是發燒啊、體弱啊……有些人最後還會因此喪命……我也得過這種病喔！」

說完，他「阿哈哈哈哈……」地笑了，彷彿是要挽救自己一開始的失言似的，然後又說：「我也是因為得了這種病，才來到這座被世人遺忘的孤寂小鎮。」

「喔，看來我們是同病相憐呢……」

他的坦承卸下了我的心防，不知不覺間，我已與他並肩走在海邊。今日海風大作，偶爾還會蓋過我們談話的聲音，晚霞漸淡後，我決定接受他的邀約，到他位於太郎岬上的家中坐坐。我會答應去作客，是因為他對我說：「我以前是讀醫學系的，對音樂涉略並不深，但還是為了女友拋棄一切專心寫曲……」

這成功勾起了我的好奇心。

二

那男人住在太郎岬上的一間平房。

要到他家，必須爬上一條蜿蜒起伏、鋪滿細碎砂岩的危險小路，上去後能看到一望無際的相模灣，不難想像這裡白天的景色一定很棒。此時此刻太陽已然西下，微光之中，帶著摺痕的海面看上去有如流動的淡墨一般，盈滿而四溢。天空也早早滲出了星星，正一層一層拭去水氣，露出閃耀的光芒。

雖然眼前的美景令人神往，但最吸引我目光的，還是這棟有如涼亭的小房子。裡面隔成了兩個房間，一間為四坪大，另一間則比兩坪大一點。屋裡放了一台黑光閃耀的鋼琴，有如君王一般傲視天下。

因放眼望去沒看到任何烹飪用具，我問道：「你吃飯都自己煮嗎？」

「不是，我三餐都跟鎮上的店家叫外送，外送小弟嫌這裡地點偏僻，每個月硬是多收我三塊錢的佣金。但也多虧了這裡偏僻，我從早到晚都可以彈鋼琴，隨心所欲大聲唱歌，不用怕吵到別人。」

「真是個好地方呢。」我隨意附和道，「你已經寫出很多曲子了嗎？」

「還沒，我創作快滿一年了，但沒什麼進展。」

「是喔，那你是寫什麼樣的曲子？交響樂嗎？」

「不是，只是一般的流行歌。」

聽到這個回答，我先是愣了一下，然後看向他。

沒想到他的表情非常認真，沒有半點開玩笑的氣息。

「是流行歌沒錯，但並不是常見的那種流行歌。這首曲子是我在一定要大紅的前提下，用邏輯精算出來的作品……

流行歌的數量多到數不清，因為數量實在太多了，常有某首歌的某段旋律出現在另一首歌之中的情形，我想你早就注意到這件事了吧。其實這也是無可厚非，畢竟人的聲域本就有限，在節奏也受限的情況下，曲調總有一天會用盡的。尤其是流行歌的旋律本就比較簡單，不少曾經紅透半邊天的旋律，都以『編曲』為名重新推出，又或是某個段落被二度使用。而這些歌曲雖然只有節奏改變，卻像新歌一樣再度翻紅，之後再次被其他歌曲使用。你懂我在說什麼吧？我打算將各種旋律配上各種節奏來取得著作權……所以目前正在分析、演繹所有流行歌，再進行分類與歸納。」

男人愈講愈起勁，滔滔不絕地講述著這個奇異的話題。

「你知道嗎？《都都逸[1]（都々逸）》這首曲子是無法寫成樂譜的，謠曲[2]也是。這兩種都是口耳相傳的曲子，每個發音的音調都有微妙的不同。下次你可以試著用鋼琴彈彈看《都都逸》，真的很奇妙喔！怎麼彈都只能彈出跟曲調『很相似』的音。為什麼呢？主要是因為鋼琴只有半音。為了準確彈出旋律，我特地製作了一台可以彈出四分一音的鋼琴。」

說著說著，他起身打開琴蓋。我這才發現，那台鋼琴的琴鍵在白色與黑色之間還參雜了綠色，看上去就有如羊羹的盒子一般晶瑩發亮。大概是因為看不習慣的關係，我覺得這台鋼琴非常古怪。

譯註1　一種跟三味線一起演唱的俗曲。
譯註2　能劇（日本傳統表演藝術）中的演唱。

他那「狂人說夢」的模樣令我啞口無言，因為不知該如何回應，只能不斷眨眼。

半晌他抬起頭來，用窺視的眼神對我問道：「你覺得如何？」

「嗯……我懂你的意思。不過，該怎麼說呢，你的努力最後應該得不到回報。」

「得不到回報？什麼意思？你是說我做的一切只是徒勞？」

他轉過身來向著我，眼眸中閃耀著光芒。不知道是不是錯覺，我好像看到他的膝蓋在微微顫抖。

「不，倒也不是徒勞，只是非常難做到。分析重組流行歌這個做法聽起來非常有意思，但你聽我說，現在日本非常需要橡膠，很多人專門在研究如何製作合成橡膠，但最後都以失敗告終。這些人分析出橡膠的成分，過程中也發現了詳細的化學式。照理來說，他們只要依照化學式進行合成，即可製作出橡膠。然而，該化學式未能顯示出『彈力』，要知道，彈力可是橡膠的靈魂啊！也因為這個原因，他們合成出來的東西雖然看起來像橡膠，實際上卻是缺乏彈力的廢物。同樣道理，恕我直言，請問你能將『音色』顯示在樂譜上嗎？若你無法將音樂的彈力——『音色』發揮到極限，這首流行歌最終還是無法扣住人的心弦。

另外，我對『流行』是心存疑慮的，不只是流行歌，所謂的『流行』其實就跟戀愛一樣，只有在當下是最獨一無二的存在，一旦風潮退了，又會發生什麼事呢？」

「喂！」

那男人激動地打斷我的話。

「你以為我寫這首歌是要給誰唱的？我……我又是為了誰才拋棄一切、搞得自己這麼痛苦的？是為了她！都是為了她啊！她的歌聲悅耳動聽，是極富彈力的合成橡膠，你完全是多慮了。為了她，我無怨無悔地拋棄一切來到這裡。她是個很有潛力的劇場歌手，最近很有名喔，還錄了不少唱片，你說不定也聽過她的名字呢，她叫秋本寧寧，今年二十歲。」

「咦？」

他的話令我臉色驟變，寧寧——那個將我推入失意深淵的女人，竟是這個怪胎的戀人……。

可是，寧寧現在正與木島同居。也就是說，這個男人跟我一樣，早就被寧寧拋諸腦後了。寧寧這女人，還真像隻候鳥呢！

我閉上雙眼，然後在口中呢喃道：「或許吧。」

三

「你怎麼那麼震驚？難道你認識寧寧？」

這個悲哀的男人深鎖著眉頭，一臉忐忑地盯著我。

「……」

我猶豫了一下是否要說出真相，但此時此刻的狀況已經無法用藉口搪塞過去，只有真話才能解釋我那震驚的反應。

「你真的嚇到我了，因為我也愛過寧寧。」

「什麼？你愛過寧寧……？那結果如何？她是怎麼跟你說的？」

「呵呵……你看我搞到神經衰弱，還獨自一人來到這座荒涼小鎮養病，結果如何應該不用說了吧。」

「這樣啊……雖然很遺憾，但你也別怪寧寧，畢竟她跟我有約在先了……」

男人用沙啞的聲音滴咕道，似乎想要藉此掩蓋表情透露出的些許安心。

我閉上雙眼對他說：「不，寧寧結婚了。」

「什麼？」

男人的驚叫伴隨著急促的呼吸聲。

雖然他沒有開口，但我能感受到他正在問我：「怎麼可能，你亂說的吧？」

我沒有睜開眼睛，只是搖了搖頭說：「我是說真的，她真的結婚了，我也是因為這樣才被甩掉的。她跟了一個叫做木島三郎的男人，你應該聽過這個名字吧？」

「嗯，我知道木島……他是東洋劇場的老闆。」

「沒錯，木島年輕多金又有地位。寧寧這個女人為了受到萬人的矚目與崇拜，什麼事都幹得出來。很遺憾，我無法滿足她的虛榮心到最後。她啊……即便打從心裡愛一個男人，也無法與對方相守至終。寧寧就是一隻現身於都市泡沫中的美麗蜉蝣，所有女人都希望在短暫的青春中受到眾人矚目，而寧寧對矚目的渴求又特別強大、特別露骨。

你不覺得，每當她站在華麗的聚光燈下時，都能看出濃妝下的那份焦躁嗎？我以為那是她的上進心，也很欣賞這種不屈不撓的精神。然而，事實證明她只是在利用我而已，出現另一個更有力的跳板後，她便馬上棄我而去，跟木島這個大劇場老闆在一起。對寧寧而言，木島的身分有很大的利用價值，也難怪她會被這個身分勾魂攝魄。說來難為情，我被她拋棄後，就出現了神經衰弱的問題……」

我不知不覺就長篇大論了起來。照理來說，這時我應該要對他露出一個釋懷的笑容，但最後卻只能歪著半邊臉，露出抽筋般的表情。

「這樣啊……」

沉默了一陣後，他費力抬起頭。只見他眉頭深鎖，眉間那幾道深深的皺紋彷佛不屬於這個世間似的。他努力地平緩呼吸，眼尾到太陽穴之間的薄嫩皮膚也隨之顫抖不已。半晌，他像是突然回過神來似的，點了根香菸抽了起來，喉嚨不斷發出怪聲。

「所以說，寧寧、寧寧已經忘了我……我為了她……來到這裡過著囚徒般的苦日子，但她根本沒有在等我。

沒想到世間竟有這等事，兩個男人愛上同一個女人、同樣被她拋棄，還在這裡相遇……」

「呵呵呵呵……」我倆一起無奈地笑了幾聲，但一下就笑不出來了。

笑聲停下後，屋裡寂靜無聲，只有電燈有如蜘蛛一般垂吊在天花板上。我們兩個悲哀的男人一語不發，只是尷尬地面對著面，盯著榻榻米抽菸。

沉默之間，寧寧以各種樣貌出現在我們的腦海中，然後一一隨風而逝。

這場宿命般的邂逅令我百感交集，在這孤寂的房間裡，似乎就連風聲、潮汐聲都要交織成宿命的音調。大概是因為夜深了，一陣寒意向我襲來，我深深嘆了口氣，看向牆上發出悶響的掛鐘。

「那我先離開了，不好意思打擾了。」我清了清乾澀的喉嚨說。

「你要走啦……」

他驟然抬起頭來，露出了滿滿的殺氣。他咬牙切齒、雙眼充血，鐵青的臉也漲得通紅，彷彿有惡鬼要從裡面破繭而出似的。

他身上所散發出的陰戾之氣令人駭然。其實當初被甩時，我也曾想過要殺了寧寧再自殺，所以我很清楚他現在腦中盤旋著什麼樣的血腥畫面。

因我個性懦弱，最終還是下不了手，但眼前這個陷入瘋狂的男人，或許真的會置寧寧於死地。一想到這裡，我就不禁心驚膽跳，甚至覺得，這或許是上天對我們與寧寧的安排吧。

然而，那個男人接下來的語氣卻異常冷靜。

「抱歉把你留到這麼晚，已經到了你的就寢時間了嗎？」他緩緩說完後，露出一個落寞的笑容。

「沒有，老實說我最近完全睡不著，不知道該怎麼辦呢。」

我神色自若地回道，然後又叼起一根香菸。

「睡不著很傷腦筋吧，我知道一種很有效的處方喔，你要吃吃看嗎？」

說完，男人從抽屜裡拿出一張名片，在背面寫下處方。我收下後翻到正面，上面寫著「醫師　春日行彥」

我向他借了一支手電筒，穿過那條危險小路回到鎮上，進入一家還開著的藥局。

我對藥師說：「麻煩幫我配這種藥。」接著又問：「這藥應該沒有毒吧？」

「沒有，這張處方對神經衰弱有很好的療效。」

原來那個可怕的表情，是針對寧寧一個人啊……

不過，最後我還是沒有買他幫我配的藥，只買了普通的市售鎮定劑。

四

隔天我以歸還手電筒為由，又去了一趟春日家。

抵達他家時已過中午，只見門口放了一鍋已經涼透的味噌湯，還有沒有動過的早餐和午餐。本想他應該不在家，但叫了門後，他很快便出來應門。

「昨晚叨擾了。」

「不會不會……請進。」

正當我打算進屋時，眼前的景象讓我停下了腳步。

一眼望去，他家的兩間房間滿地都是撕碎的樂譜和五線譜紙，彷彿被暴風雨掃過似的凌亂。不僅如此，那台看起來價格不菲的黑色鋼琴竟然中間斷成了兩半，看上去是被人用柴刀劈開的。

面對刺眼的陽光，春日別開了臉，露出一個苦笑。

「請進……」他一邊請我進屋，一邊用手將地上的樂譜碎片撥開，硬是騰出了一點空間。

「不，我只是來還東西的。我等等正好有事，就不打擾了，下次再過來，我們傍晚見。」

我將手電筒放下後，故意移開視線，假裝自己什麼都沒看到，快速走下岬崖。不知道為什麼，我覺得只有自己能了解他的鬱悶，看到他親手毀了自己一整年的心血，我就有如看到血親在受苦一般心痛。

在那之後，春日再也沒有去海邊散步。我因為放不下心，特地去他家看了兩三次，但無論白天還是晚上都沒人在家，久而久之，我也就不過去了。

後來，替我整理別墅的園丁告訴我，說住在太郎岬上的那個怪胎最近不知道怎麼回事，三天兩頭就搭公車往隔壁鎮上的私娼寮跑。還說那個男人對一個名叫花子的年輕私娼非常著迷，像疼孩子一樣對她疼愛有加，還幫她取了個小名叫「妮妮」。在這個缺少話題的小鎮，事情很快就傳開了。

聽到這裡我馬上明白，春日喊的應該不是「妮妮」，而是「寧寧」。這著實勾起了我的興趣，那個被春日叫作「寧寧」的女孩到底是何方神聖呢？是單純長得像寧寧嗎？還是寧寧的親姊妹呢？

一想到老天安排我與春日在這座小鎮偶遇，我就無法克制自己那羅曼蒂克的好奇心。於是，我決定親自到鄰鎮的私娼寮一探究竟，因為怕被鎮上的人看到，我還特地不坐公車，用走的過去。

這座紅燈區雖然位於鎮上一隅，卻與小鎮判若兩地。這裡的道路在屋簷下縱橫交錯，窄得跟庭間小道似的，每走一步腳下的水溝蓋就會鏘鏘作響。不僅如此，還瀰漫著一種不尋常的臭味，濃烈得彷彿要滲入人的五臟六腑。我沿路遇到了幾個皮膚乾巴巴、臉色蒼白的年輕男子，他們雙手叉在和服的袖口裡，巧妙地穿梭在巷弄之間，讓人有種看到蝙蝠的錯覺。

我學他們將雙手插在和服的袖口裡，在這有如迷宮的紅燈區徘徊了許久。途中看到許多擦脂抹粉的女人站在店外，散發出一種水果行的氣味。

然而，最終我並沒有找到春日和那個名叫花子的女人。

事後回想起來，難怪我當時找不到人，因為在事情傳開時，春日已經和那個女人在太郎岬上同居了。

得知這個消息後，我有些猶豫該不該去找他，也想了各式各樣的藉口。過了一週後，我還是按捺不住好奇心去了一趟。

爬上太郎岬的小路後，我發現他雖然跟女人住在一起，但仍舊在吃外賣，因為門外放著兩人份的碗盤。最近天氣好不容易變暖了，肥滋滋的蒼蠅在吃得亂七八糟的殘餘上飛舞，似乎在說明他的生活有多不衛生。

只見春日一個人打地鋪睡在簡陋的房間中，沒了鋼琴的房間空蕩蕩的，床墊看上去也髒兮兮的。我走近一看，不知道是不是我的錯覺，他的臉褪成了土黃色，乾巴巴的皮膚看上去十分淒慘。

「呦，是你啊！」他緩緩起身，笑著對我說：「好久不見了呢，快請進。」

「我聽說你結婚了，特地過來看看。」

這就是我想出來的藉口。

「結婚？我們只是在一起而已啦。我知道這個女的跟寧寧一樣，只把我當跳板，一有機會就會琵琶別抱。」

「她現在人在……？」

我重新看了一次這間一眼就能看到全貌的屋子。

「她去鎮上買東西了。」

「你是怎麼了，臉色差成這樣。」

「喔，這是因為……」他抬起消瘦的手摸了摸自己的臉，「我生病了，得了梅毒，呵呵呵。」

「那……」我皺起眉頭心想，那應該是花子傳染給你的吧，但我沒有說出口，「那你可要好好接受治療，早日康復。你醫科出身，應該可以幫自己打點滴吧？」

「不，我已經沒有力氣接受治療了。如果我有那種力氣，早就去把寧寧給殺了，呵呵呵……寧寧沒有留給我半點回憶，現在這個女人卻留給我這種消除不去的紀念，這朵烈愛之花不僅永不磨滅，還可以留給子孫呢！」

這番瘋狂的言論讓我張口結舌，不禁心想：「這人的腦袋是不是有問題啊？」

匆忙離開春日家後，我在小路上與一個女人擦身而過。因這條路只能通往春日家，那人肯定就是我「心心念念」的花子。只能說，她跟我想像中的實在差太多了。

大白天的，她塗著濃濃的粉底，畫著藍色眼影，下垂的嘴唇卻沒有塗口紅。雖然只是謠傳，但一想到春日有可能把這個像是在臉上塗了油漆的梅毒女稱作「寧寧」，我就感到忿忿不平。不僅如此，我倆擦身而過時，她還很「專業」地對我眨了眨眼，每次想到那個畫面我都忍不住咂嘴，然後佩服自己當初還真能忍耐，怎麼沒有一腳把她踹下岬崖。

但仔細想想，就春日這個怪胎的角度來看，寧寧跟那個醜八怪或許並無兩樣，寧寧只是包裝精美的花子罷了。再者，每個人對「美」的定義本就不同，春日只有誇獎過寧寧的聲音，對她的美貌卻是隻字未提。雖然我沒有實際聽過，但說不定花子的歌聲比寧寧更好聽呢——或許是我多管閒事，但無論如何，我都無法接受花子這個女人。

虧我當初還懷疑花子是寧寧的親姊妹呢。在見到本人後，那些羅曼蒂克的想像也頓時煙消雲散，蕩然無存。

五

天氣一天比一天暖和，紫藤也開出了一、兩朵花。

因為我一想到花子就反胃，所以自那天起就沒去找過春日。

一天，我把躺椅拿到面海的外廊上，躺在上面閉目養神，思考著要不要搬回東京。

我很後悔自己「這天」在那裡遇見她，為什麼沒有早點回去東京。只能說，這又是上天的另一個安排，宿命具有無法解釋的魔力，而我已被這股力量禁錮其中。

在花子的「洗禮」下，我本來已漸漸忘了寧寧的長相，然而在那次相遇後，我的內心再次起了波瀾。

記得那是個午後，時間才剛過中午，園丁便粗手粗腳地衝進後院，聲音大到我懷疑他是用腳踹開柵欄，然後一臉驚慌地對我說：「鎮上出大事了！有人開車墜落山崖受傷了！」

「喔，是東京來的人嗎？」

「是的……是年輕人，好像是一個叫做秋本寧寧的女明星……」

「什麼！？」

我從躺椅上彈了起來。

「她死了嗎？」

沒等到園丁回答，我便一溜煙衝了出去。

我一路飛奔至太郎岬下方的縣道，只見一台新型綠色轎跑車墜落在大約六公尺高的岩崖下方，整台車已翻倒過來，旁邊的岩石上濺滿不知道是鮮血還是汽油的污點。鎮上的青年團已先一步趕到現場，正奮力將一個男人拉出車外。

而寧寧——比以前更加美麗的寧寧則一臉茫然地站在一旁。她雙手握拳，直盯著青年團的營救工作，任憑海風吹走她的帽子、吹亂她的頭髮。

寧寧平安無事……

我好想大聲叫喚寧寧的名字，但還是將這份衝動忍了下來，連滾帶爬地來到崖下。正當我走到她身邊、打算跟她搭話時，眼前的畫面令我倒吸一口氣——

春日也在現場。

「呦！」

我故作鎮定地與她打招呼。寧寧抬眼認出我們兩個後，似乎也藏不住心中的訝異。

「……」

她沒有回答，只是對我點了點頭，然後偷偷瞄向春日的側臉。

「妳有沒有受傷？」我問道。

「嗯？我……我也不知道。」

說完，她突然跑到男傷患的身邊。那人是木島三郎，他被拉出車外後昏迷不醒，太陽穴處沾有血塊。

我還沒反應過來，春日便一把扶起木島，為他診脈。

「他還活著！馬上處理應該還有救！」

「那就趕快送醫！」

計程車很快就到了。我們三人與木島一同搭上車，前往鎮上最大的村田醫院。

幸好村田醫師當時人在醫院，春日與他用專業用語討論了一番後，對寧寧說：「寧寧小姐，時間緊迫，就用我的血來輸血吧。」

「咦？也可以用我的血！」面對春日突如其來的俠義之舉，寧寧顯得有些不知所措。

村田醫師從春日和寧寧的耳垂各採了一滴血，滴在載玻片上，進行一番簡單的操作後說：「秋本小姐，您的血液與傷患不合，而春日先生是合的，就用他的血吧。」

「事不宜遲，救人要緊。」春日的口氣很是淡定。

寧寧雙手緊握於胸前，用極為感動的眼神看著春日堅定的側臉。

看到春日的血液通過各種玻璃器具流進木島體內，我突然心一驚：「春日不是得了梅毒嗎？」

我這才恍然大悟，原來春日是在報復寧寧。他刻意在寧寧眼前打造了這條鮮紅的管道，將世人所唾棄的病菌送入那個搶走寧寧的男人體內。

而不知情的寧寧，正滿心感謝地在旁邊看著這一切。

春日淡定地閉著雙眼，看上去甚至有些愉悅。那嘴角微揚的歪斜笑臉，與那晚將我嚇得半死的陰戾微笑如出一轍。

眼前的景象令我大為震撼，不僅腋下與緊握的雙拳開始出汗，眼前也開始天旋地轉，最後只得匆匆離開現場。

最讓我承受不住的，就是寧寧那充滿感謝的眼神。

大概是因為處置得宜，木島很快就恢復健康，出院回東京去了。

「你這麼做會不會太過分了？虧你還是個醫生。」

四下無人時，我忍不住向木島興師問罪。

「他是有可能會染病沒錯，但至少撿回了一條命，我認為我已盡了醫師的職責。」

「我問你，木島當時真的需要輸血嗎？」

春日聞言臉色一沉，過了半晌才搖了搖頭說：「隨便你怎麼想吧……但別忘了，當時你並沒有挺身而出、說要捐血給木島。寧寧現在可是對我感恩戴德呢，她還哭著跟我說她跟木島只是普通朋友，她是為了利用木島上位，才答應跟他一起出來兜風。車禍當時是因為木島伸手摟她的肩，她揮開他的手，導致木島來不及轉彎，才會衝下懸崖的。寧寧還說，她下個月月底演完女主角後，就會回到我身邊。說了這麼多，要信不信隨便你，反正我現在是打算好好治病了。」

說完，他愜意地吹起口哨，然後像彈鋼琴一樣舉起雙手，一邊手舞足蹈一邊「啊哈哈哈」地大笑。

「真不敢相信……」我不悅地嘟噥道，最後甚至沒了聲音。

原來春日一直把我視作情敵。如今我也沒那麼篤定了，他說的可能是事實，或許寧寧真的對他回心轉意了也不一定。

六

寧寧和木島已經回去東京三個月了。

我並沒有特別期待寧寧來找春日，但自從那天春日在我面前大放厥詞後，他說的話與訕笑聲就在我的耳邊徘徊不去。渾渾噩噩之間，竟也到了紅蜻蜓紛飛的季節。焰紅色的紅蜻蜓在豔陽下成群飛舞，一隻接著一隻飛過別墅庭院的圍牆。

那年夏天，我經歷了最折磨人、最煎熬的暑熱。之後幾年的夏天也很熱，但在藍天白雲、簡便生活的加持下，我其實很喜歡這樣的天氣。

那次離別後，寧寧完全沒有跟春日聯絡。為什麼我會知道呢？因為如果春日收到寧寧的來信，一定會拿來跟我炫耀。

期間我聽到傳言，說花子回到私娼寮重操舊業了。寧寧的演出早已結束，但她一直沒有來找春日，我一方面有種被放鴿子的感覺，一方面又忍不住在心裡挖苦嘲笑。老實說，與其看寧寧跟著春日，我比較希望她繼續留在木島身邊，這樣事情才更有看頭。

春日那傢伙以為自己一石二鳥，既報了失戀之仇又重獲寧寧芳心，還在我面前口出狂言，說寧寧一定會回到他身邊。我想著他那張削瘦的臉，在心中不斷嘲笑他：「活該！自作自受！可憐沒人愛！」

進入深秋後，家裡就經常寫信催我回去東京，這讓我動了回去的念頭。

我有點想念都市那種黏糊糊的空氣……再來就是……我想要打聽一下寧寧的

消息——想到這裡，我立刻下定決心搬回東京。

我沒有向春日告別，在一個濃霧瀰漫的日子回到了東京。

「已經到這個季節了啊……」我走在車站月台上，仰望著天空喃喃自語。

突然間，有人拍了我的肩膀。

「呦！好巧喔！」

轉頭一看，只見老同學友野笑咪咪地站在我身後。

「好久不見了呢，你在工作了嗎？」

「對啊。」他稍稍側過身來，將胸前的徽章秀給我看。那枚發著暗光、被霧氣沾濕的帝國報社員工徽章，彷彿在嘲笑我是隻不事生產的米蟲似的。

「你呢？」

「我前陣子去海邊養病，今天才回來，呵呵。」

「怎麼會這樣……你好像瘦了。」

「大概吧……要不要去喝點東西？你在報社是負責哪條線啊？」

「我是藝文部的……但工作還是不得閒。」友野的語氣像是在跟我炫耀似的。我們一起來到車站附近的咖啡廳，點完咖啡後，我立刻進入正題。

「東洋劇場現在有哪些演出啊？」

「我想想喔……」

友野動了動眼珠，隨後唸出一串演員名字，但沒有說到寧寧。

「秋本寧寧呢？」我戰戰兢兢地問道，心撲通撲通地狂跳。

「喔，她啊……生病了，而且是見不得人的病。我聽人家說，她因為怕被東京的醫生認出來，特地到埼玉的小診所看診，掛號時還用了假名。只能說，當名伶還真辛苦啊。」

友野點了根香菸，吐著煙說完後，喜孜孜地笑了。

「嗯嗯。」我連喝了好幾口咖啡，好不容易才做出反應，向他點了點頭。

「……那種名伶就像蜉蝣一樣。只能趁著短暫的青春，心急如焚地振翅飛翔。」

「你是說，她這隻蜉蝣已經腐爛了嗎？哈哈哈哈……」

友野笑了，但我笑不出來。

曾經存在我心中那微弱而模糊的浪漫主義，如今已然被破壞殆盡。花子那頭噁心母豬培養出來的細菌，先後傳給了春日、木島、寧寧，在他們身上留下一個又一個故事，我無法忽視那些有如暴風過境的痕跡。

春日你他媽混蛋！

黃昏時分，濃霧瀰漫的街道透出微亮燈火，天知道我多想對著街道咆哮。友野被我驟變的表情嚇到，匆匆找了個藉口便離開了。

老實說他走了也好，這樣我比較輕鬆。

那天我半夢半醒，根本不記得自己是怎麼來到郊外的。即便夜色已深，我還是不斷在郊外尋找寧寧的住處，彷彿有一股看不見的力量在牽引我似的。

被好幾家的看門狗狂吼後，我來到一間日式混搭西洋風格的住家。那是一間夜晚也不失風采的房子，在室外燈的微光下，我看到門口的牌子上寫著「木島」。

虛無飄渺地找了一整晚，此時我已有如一灘爛泥一般身心俱疲。當然，我並沒有敲門，而是像隻餓壞的野狗，不斷沿著屋外的矮牆徘徊轉悠，豎起耳朵聆聽裡面的聲音，不願放過任何動靜。

這棟房子只有一間房間透過窗簾發出微光，我想寧寧應該就在那間房裡，但裡面沒有任何聲音。這份寂靜彷彿在戲弄我似的，不斷擾亂我的神經。

突然間，真的是突然間，房裡傳出了洶湧奔騰的水聲，應該是洗手台開水的聲音。因為周遭實在太過安靜，再加上我正聚精會神地聆聽，導致該水聲放大了數十倍，聽得我震耳欲聾。甚至以為房裡有一台巨大的「洗淨器」。

我步履蹣跚地靠在白色矮牆上，牆面被霧氣沾得濕搭搭的，有如寧寧的肌膚一般水潤。我扭了扭脖子，摸上自己熱騰騰的臉頰，然後緊緊抱住那道矮牆。神奇的事發生了，那一瞬間，我感受到了蜂擁而至的微笑。

濃霧有如小雨般灑在我的身上。

一想到那個骨瘦如柴的春日行彥，如今還在那個被浪打濕的太郎岬上孤單地等待寧寧上門，我就感到又氣又好笑。剎那間，我彷彿解脫了一般，獲得了內心的寧靜。

憋氣的男人

我像個法醫一般，將藥盒放在他的鼻子下方檢查，上面果眞沒有霧氣……確認他眞的沒有在呼吸後，我重重地坐回原位，彷彿有誰把我按回椅子上似的。

常聽人說「人或多或少都有點毛病」。確實，每個人都有自己的怪癖，而水島的怪癖又特別詭異。說了你可能不信，他很喜歡「憋氣」。

一開始朋友跟我說這件事時，我還以為他在說笑。後來我到水島家玩，半開玩笑地問他是真是假，沒想到水島竟一臉嚴肅地承認了。我不敢置信地向他詢問原因，但他只是頻頻搖頭，不肯回答我。

見他不肯說，我更想一探究竟了。這個奇特的怪癖成功引起了我的好奇心，就算追到天涯海角也要問個明白，在我的窮追不捨下，水島才終於笑著告訴我：

「大家都很喜歡追問這件事，一開始我也不諱言，但每次大家都笑我太荒謬，聽到一半就不了了之，所以後來我就不太願意說了。與其聽我說明，建議你可以自己試著憋氣看看，一開始的二、三十秒或許沒什麼感覺，但快要憋不住時，太陽穴附近的血管脈動就會響徹整個腦袋，甚至到達頭部深處，胸腔彷彿被抽空似的，一股能量迫不及待地往上衝——等到真的憋不住時，再大吸一口氣，那種神清氣爽的感覺，就像把胸腔裡的穢物全數嘔出似的，經過摧殘的心臟也怡然重生，一股新的力量在體內蠢蠢欲動。

那股在胸中蓄勢待發的能量令我非常著迷。大吸一口氣的舒爽感、心臟愉悅的跳動聲……我願意不惜一切代價換取這股快感。」

說完這番玄妙的話後，水島看了我一眼，像是在確認我有沒有認真聽似的，然後才繼續說：「可是啊，最近有件事很讓我擔心，就像吸毒上癮的人那樣——噢不，其實抽菸喝酒也是一樣——一開始只覺得不過如此、沒什麼特別的嘛；持續一段時日後，就會使人如在夢中；養成習慣後，就得抽更多、喝更多才能獲得滿足，再也無法追逐那馥郁的幻影。一開始我只要憋個四、五十秒到一分鐘，就能獲得那股飄飄欲仙、難以言喻的快感。之後時間卻愈拉愈長，五分鐘、十分鐘，如今我已能不動聲色地憋氣超過十五分鐘。對此我並不害怕，與那如登仙境的快感相比，我的命根本不算什麼，而且我聽說，靠捕撈海鮮維生的海女，在經過訓練後都能在海中潛水非常久。為什麼有人願意從事海女這種危險的職業呢？我認為有一個隱藏的原因，那就是她們很享受那種浮出海面後大口吸氣的快感。」

水島說完又看了我一眼，笑了。

然而，當時的我還是無法相信他說的話，憋氣真的能帶來快感嗎？我覺得他應該是在胡說八道，但又覺得好像是真的。問題是，水島真的能憋氣超過十五分鐘嗎？

大概是看我一臉狐疑，水島主動對我說：「你一定覺得我在騙你對吧？畢竟口說無憑嘛，我現在就證明給你看！」那口氣像極了小孩子。

見我沒有任何反應，水島自顧自地說道：「你來幫我計時！」

說完後，他便深坐在椅子上。

他從容的態度，令我那與生俱來的好奇心蠢蠢欲動。

「現在是三點三十八分，我們從比較好算的四十分開始好了。」

「好。」他神色自若地說完便閉起雙眼，此時我已無法按捺想要一探究竟的衝動。

「時間到，開始！」我滿心期待地開始計時，只見水島深吸一口氣後，惡作劇似地對我眨了眨眼。

過了十五分鐘後，我開始感到心神不寧，房裡充滿了令人難以忍受的沉默與沉重。水島的臉色灰如墓碑，額頭上的青黑色血管有如條蟲一般蜿蜒扭曲，高高凸出的顴骨下方是蒼白的酒窩，死亡的影子正於其中飄動。

我再也受不了這有如洞穴般的空虛感，一股力量驅使我起身靠向他，想要檢查他的鼻息。正好我今天帶著一個可以充當鏡子的藥盒，我像個法醫一般，將藥盒放在他的鼻子下方檢查，上面果真沒有霧氣……確認他真的沒有在呼吸後，我重重地坐回原位，彷彿有誰把我按回椅子上似的。

四點了，已經整整過了二十分鐘。剎那間，一種不祥的思緒掠過了我的腦海，在我的後腦勺留下劇烈的疼痛——他是不是已經自殺了？水島平常就是個怪人，他是否故意安排了這場人生大戲，打算在我這個好友面前自我了斷呢？難道說，我正在見證一個人死去的過程？這種不祥的幻想讓我感到些許暈眩。

之後，他的臉開始呈現不自然的歪斜，還伴隨著抽動與顫抖。我已經很努力想要讓自己冷靜下來，但還是敵不過這沉甸甸的氣氛，腦中開始浮現一些絕妙的形容詞，像是死亡的痙攣、臨終的苦悶……等。霎時，我衝上前將水島抱起，有如發狂一般大聲叫喊他的名字，用力搖晃他的身體。

被我這麼一鬧，他蒼白的臉龐逐漸恢復了血色。

半晌能開口後，他用乾巴巴的聲音對我說：「你在搞什麼啊……我才正要享受那最後的快感，就被你壞了好事……」一雙無力的眸子凝視著我。聽到他的聲音我終於安下心來，他說什麼也不是那麼重要了。

這次「不可能的實驗」成功挑起了我對水島的好奇心，不知道什麼時候開始，我只要一得空就會去他家找他。

某天，我像平常一樣去找水島，正好碰上他那不可思議的「睡眠」時間。我這才發現，他的睡臉看起來好幸福、好平靜。上次我一定是因為太焦慮了，才會將他的表情跟死亡聯想在一起。

這次我決定靜靜地看著他，免得像上次一樣掃了他的興。

過了一會兒，水島睜開眼睛，向我說起他在這憋氣的二十分鐘內看到了哪些奇異的幻覺——

「我知道，你一定不相信我在憋氣期間能穿梭於各種虛幻的世界，但我還是要說給你聽。

要說的話，『睡眠』是最接近『憋氣』的狀態，人在睡眠期間能阻斷所有來自外界的刺激，這是很不可思議的事。問題是，睡眠對人類而言實在過於稀鬆平常，所以大眾將這一切看得如此理所當然，這種心態實在太過草率。你知道『睡眠』中有多少未知世界在蠢蠢欲動嗎？為什麼有時候在考試中答不出來的題目，卻能在睡眠中解出答案呢？為什麼我們能在睡眠中靈光閃現、獲得絕妙的文學創作靈感？我想你應該也有過類似的經驗吧。面對這個不僅止於附屬的空間，大家一直停留在窺探的程度。但你知道嗎？『睡眠』與現實世界是有聯繫的，那就是呼吸。正因為還有呼吸，我們才無法遊走於虛幻世界，而我已經切斷了這唯一的聯繫。

人在胎兒時期至少都會遊走一次這些虛幻世界，然後將收穫秉承於生命中，因而成為學者、藝術家，又或是罪犯。

虛幻的世界不只一個，有純潔無瑕的詩歌國度，也有慘無人道的犯罪國度。佛教主張人死後會前往極樂世界或地獄，我想，當初提出這個告誡的人，或許跟我一樣，都是遊走於虛幻世界的徘徊者。」

食眠譜

一開始我只是要享受早起的那種恍惚感，後來慢慢沉醉其中，走火入魔。我已經沒救了，我強制剝奪了「睡眠」這個與生俱來的行爲，這可能是種罪孽吧……

一

「到底發生什麼事了……」

此時的我非常焦慮不安，因為我與摯友黑住箒吉已經失聯兩、三個月了。

主動稱人家是「摯友」是有點矯情，但對黑住箒吉這個多金的怪胎而言，我大概是他唯一的朋友。

我們是因為上一代而結緣的，黑住的父親與家父是朋友，他是個標準的單親爸爸，很擔心自己這個怪胎兒子，每次見到我都會對我說：「小春啊，我們家箒吉的個性比較古怪，還請你多多包涵，有空常來我家玩喔！」話語間盡是溫柔和體貼，我偶爾就會想起他約我去他家玩的樣子。

如今我們兩家的父親都已不在人世，但還是保持著聯繫。而我也沒有辜負黑住父親的委託，經常提筆寫信給黑住。

黑住不太主動跟我聯絡，但每次只要我寫信過去，他都一定會回信，一來一往的信件就有如山谷間的回聲一般。我想黑住的內心一定很寂寞，他並不是個壞人，只是不知道如何與人打交道罷了。

然而，這兩三個月我寄了很多封信給他、詢問他的近況，卻都石沉大海。以前從未發生過這樣的狀況，我心裡七上八下的，總覺得一定有什麼隱情。

「到底發生什麼事了……」

二

這天我於五點準時下班，徒步走到東京車站，久違地搭上了省線電車[1]。到達黑住家所在的西荻窪站時，晚霞已褪成了灰黑色。

我穿過燈火通明的新興鬧街，來到一條通往武藏野森林的路上。我對這條又黑又軟的路還有印象，默默反芻記憶中的路線、彎了幾個街口後，一排鬱鬱蔥蔥的樹籬印入我的眼簾，裡頭有一盞發出光圈的室外燈。

譯註1　舊時日本政府所經營的鐵道路線。

確認外面的黑色門牌上寫著「黑住」後，我微微拉開玄關的拉門，向裡面喊了幾聲。

「來了……」

聲音是從廚房傳來的，只見年邁的管家阿姨走了出來，一邊將手上的水擦在圍裙上。

「這不是春樹先生嗎？好久沒看到您了！我差點要認不出來了呢。」

難得有人來訪，阿姨似乎非常開心。

「真的好久不見了……請問篝吉在嗎？」

「篝吉少爺他……您先進來再說吧。」

進屋後，阿姨將坐墊推到我的面前。看到黑住似乎不在家，我心中滿是失望。

「看到您……」阿姨揮著手，一副事態嚴重的表情，「看到您我安心多了！我知道您常常寫信給篝吉少爺。我跟篝吉少爺雖然住在同一個屋簷下，但我最近完全沒見到他。」

聽到這裡我本想問：「什麼意思啊……」卻被阿姨搶了話：「我真的是擔心死了。少爺的個性本就異於常人，但這陣子我是真搞不懂他在做什麼。」

「咦？所以他在家嗎？」

「是的……但他不是待在自己房間，而是待在……該怎麼說呢……禁閉室裡。」

「是他自願進去的嗎？」

「我當然不可能把篝吉少爺關起來。那間禁閉室是篝吉少爺自己打造的，門上有一個小窗口，但他不准別人偷看，只有每次送飯過去時，篝吉少爺才肯打開窗口拿食物。」

這不是一般人會做的事吧。

「聽起來不太正常呢……他現在也在那間房裡嗎？」

「這我就不確定了，因為他有時半夜會突然出門。今天他沒有跟我說要吃飯，我想應該是出去了。」

「不管他在不在，都帶我去看一下吧。」我心裡很是不安，而且來都來了，就去看看吧。

在阿姨的帶領下，我來到了那間禁閉室前。

那是一道既厚實又堅固的橡木門，門關得緊緊的，我試著輕推了一下，但完全推不開，將耳朵貼在門上，只聽見時鐘斷斷續續的滴答聲。

這到底是怎麼回事……

我不禁開始胡思亂想，心中的擔憂有如雨雲一般不斷擴張，但黑住不在，門又鎖著，也只能摸摸鼻子打道回府。

三

我穿過沉沉夜霧回到公寓，才進門，門口辦事處的大哥就對我說：「剛才有一位臉色很差的人來找你，可是你不在……」然後遞給我一張名片，上面印著「黑住箒吉」四個大字。

這實在是太令人意外了。

我迫不及待地翻到背面，上面用鉛筆潦草地寫著：「好久不見，我來找你你不在家，我有很重要的事要跟你見面詳談，請於明天傍晚六點來銀座的尼羅河一趟。」

看來我們是錯過了，他要跟我談什麼重要的事呢？

多想無用，明天六點所有謎團就會揭曉了。

四

「噹！噹！噹！噹！噹！噹！」

我坐在尼羅河咖啡廳的時鐘的側前方座位上。就在剛才鐘響了六聲，但黑住尚未現身。

尼羅河咖啡廳是一間有如溫室的玻璃屋，走的是近代構成派風格，整間店被日光燈照得亮堂堂的。此時玻璃窗外已被黑暗籠罩，那是一種銀座特有的、黏糊糊的羊羹色調，霓虹燈發出點點閃光，像是血管一般在黑暗中蔓延。

我拿起有些冷掉的咖啡，這時一個男人推開店門，帶著冷空氣走了進來。

直覺告訴我，那個人就是黑住。

他臉上掛著淡淡的笑容，坐到了我的對面。

「你遲……昨天我們剛好錯過了呢。」

我本來打算唸一下他不守時的事，但看到他那憔悴的臉龐，便將話吞了回去。高聳突出的顴骨，下方是有如洞穴般的凹陷臉頰，皮膚還變得有如老人一般蒼白，灰濁的眼珠與大紅色薄唇形成了奇怪的對比——他怎麼會變成這樣？

「你是怎麼了？生病了嗎？」

「沒有。」他吃力地開口，「抱歉一直沒有回你信，我忙著進行一個重要的實驗。」

「你說有重要的事情要跟我談，是什麼事？」

「老實說，我大概活不久了，找你來是要交代你一些事。」

「少胡說八道！」

看到黑住憔悴的模樣，我本就已經心慌意亂，聽到他這麼說，更是忍不住激動起來，只能用大聲說話來驅趕心中的不安。然而，黑住卻異常地冷靜。

「不，我是說真的。但我並不怕死……突然跟你說這些，你應該聽得莫名其妙吧。」

「到底發生了什麼事？你給我把來龍去脈說清楚！」

「嗯……」黑住清了清喉嚨，隨即又說：「其實我在進行一個實驗，證明人可以不用睡覺。」

我連看了他好幾眼，心想他大概是瘋了。

「或許很難相信，但我現在真的在做這個實驗。」

「你可不可以振作一點，不要做傻事好嗎？人只要熬夜一天就累得半死了，怎麼可能不睡覺。」我脫口而出：「這未免也太蠢了。」

「不，」黑住一臉淡定，「你對睡眠了解得太少。我舉個例子好了，你應該有過這樣的經驗吧？學校本來都是八點半到校，四月開始改成八點到校，所以你每天都提早三十分鐘起床，持續個兩三天後很快就習慣了。只要利用人的慣性，就能做到完全不睡覺。」

只是三十分鐘而已，當然做得到啊……

「同樣道理，只要持續一個禮拜每天早起一點，身體很快就能習慣，你不覺得很恐怖嗎？像是今天比昨天早起三十分鐘、明天再提早三十分鐘，如果覺得三十分太難，也可以先早起十分鐘，等習慣後再提早十分鐘。『習慣』在這個世界上扮演了至關重要的角色，世上所有事物都受到慣性——Inertia的操控與支配。」

黑住滔滔不絕地講述他的詭論，他平常總是靜默不語，如今卻像被附身一般長篇大論。見他這樣，我反而不知道怎麼回應。

「所以……你一直在縮短自己的睡眠時間？」

「對，這幾個月我可是煞費苦心，每個禮拜減少二十分鐘的睡眠時間，你知道嗎？我成功做到了！現在我兩天只睡十五分鐘，四十八小時只需花十五分鐘睡覺喔！很快就可以三十天只睡十分鐘了。」

跟黑住認識那麼久，我竟不知道他有如此巧舌如簧的一面。

本來我只覺得整件事荒謬至極，現在竟被他說服，覺得這個辦法或許可行。

可是——

「你為什麼要做這個實驗？」

這是我一開始就想問的問題。

「這個嘛……」他似乎有些難以啟齒，「因為我很享受那種似睡非睡的快感。愜意地躺在溫暖的床上，不知道自己是睡著還是醒著，徘徊在那曖昧不清、令人愉悅的界線。那種感覺，就像手腳綁滿了鉛一般，疲軟得像是要脫落似的，我很迷戀那種感覺。一開始我只是要享受早起的那種恍惚感，後來慢慢沉醉其中，走火入魔。我已經沒救了，我強制剝奪了『睡眠』這個與生俱來的行為，這可能是種罪孽吧……」

說到這裡，他落寞地笑了。

刻意減少睡眠時間，還對這種恍惚感著迷不已？有這樣的事？

但對黑住這種怪胎而言，或許真的有可能吧。

「不只是因為這樣吧？」

我故作強硬地問道。

「咦？你不信的話……要不要來我家看看？」

他一臉訝異地說完，起身就往門口走。

五

我硬著頭皮跟了上去。

如果有機會，我一定要阻止他繼續做蠢事。

沿路黑住沒有說話，我也閉口不語，只是盯著他的肩膀、跟在他的身後。

抵達黑住家時已經過了晚上九點。簡單跟阿姨打過招呼後，黑住便帶我到那個房間，緊緊關上房門。過沒多久，我們從門上的小窗口跟阿姨接過熱茶，之後便與世隔絕。這間房間約四坪大，完全沒有對外窗，看上去就有如一個純白色的盒子。
房裡只有一張大床、一個丟滿書的桌子、一張椅子……。除此之外，就只有一個動靜微弱的時鐘。
我掃視一圈，房間後方有一個兩公尺大的壁櫥，時鐘就位於壁櫥和書本中間。我看到心想：「原來上次聽到的滴答聲是這個時鐘發出來的。」
黑住坐到床上後，請我坐到椅子上。
「剛才在外面沒辦法好好跟你解釋。其實，剛才你問我為什麼要進行這個實驗時……我覺得內心好像被看穿了似的。」他吞吞吐吐地說。
「老實說，一開始我確實是為了享受剛睡醒時那種奇妙的感覺，但後來就不是因為這個原因了。我……該怎麼說呢，我有了情人。」
情人？
面對黑住突如其來的自白，我驚訝得半晌說不出話來。
「那很好不是嗎？」

「不好，因為她不屬於這個世間。」

「……你是在耍我嗎？」

「抱歉抱歉，是我不會說話，我沒有要耍你的意思，但除了這麼說，我實在不知道該怎麼說了。」

他落寞地笑了笑，然後垂下雙眼。

「你什麼都可以跟我說，你說的重要的事就是這個嗎？有什麼我可以幫忙的，都儘管跟我說，我願意盡棉薄之力。」

「謝謝，聽你這麼說我真的很高興，但我沒有辦法請你幫忙，因為我的情人只會在夢中出現。」

夢中情人？

我再次被這個老派的詞彙驚得啞口無言。

都這個時代了，居然還有人對夢中情人抱有幻想？

「說了你大概不相信，每當我進入半夢半醒的狀態時，她——琉美就會出現在我面前，她的身材曼妙，皮膚吹彈可破，眼眸似夢似幻，雙唇就有如花瓣一般可愛，還有那豐滿圓潤的曲線、纖細的手腳……噢不，光靠我的表達能力，實在很難描繪出她的美……」

說到這裡，黑住的雙頰微微泛紅。

「為了見到她，我才會不斷縮短睡眠時間，讓自己陷入那個深度半夢半醒的狀態。再這樣下去，等到完全失去睡眠的那一天，或許就是我的生命殞落之時。不過，這對現在的我而言並不是個問題。我之所以去找你，是因為你是我唯一的朋友，我想要讓你知道狀況，不要覺得我死得不明不白。」

我無言以對，他也不再說話，只是默默聽著時鐘的滴答聲。

六

不知道過了多久，黑住突然站了起來。

「我要去睡十五分鐘了，失陪一下。」

我直愣愣地看著他的一舉一動，他在我面前迅速脫下外衣、躺到床上，一眨眼的工夫便睡著了。

我看著他的睡臉看到入神，黃乾黑瘦的臉龐、單薄到令人心痛的胸膛——不禁令人納悶，他到底是沉溺在什麼樣的溫柔鄉當中？

我回想著黑住小時候的樣子，就在這時，他突然坐了起來，嚇得我幾乎要驚叫出聲。

黑住是起身了，但好像還沒醒。他步履蹣跚地走下床，那樣子簡直像在渡過湍急的溪水一般。

我的腦海中浮現出兩個不吉利的字——「夢遊」。黑住沒有理我，徑直往壁櫥方向走去。他的眼睛是睜開的，但眼珠卻像發了內障般混濁。

眼前的一切令我目瞪口呆。只見黑住走到壁櫥前、拉開拉門，粗魯地抱住一個東西。

「咦……」我忍不住輕呼出聲。

壁櫥裡竟然藏了一個美麗的少女。

黑住一副思念難耐的樣子，抱起少女就往床走。

「娃……是娃娃？」我傾身一看，才發現那是個娃娃，一個作工精巧到令人訝異、足以以假亂真的洋娃娃。

我想起黑住的父親曾到外國旅遊的事，難道說，這娃娃是他父親從國外帶回來的？

還沒等我回過神來，黑住便與娃娃琉美在床上開始了極其怪異的魚水之歡。

他扒掉娃娃身上最後一件衣服，急不可耐地丟到我的面前。說也奇怪，那件衣服竟然感覺暖呼呼的，還發出一股女孩子特有的甜香。

就在這時，我的心出現了不尋常的波動。

「怎麼可能有這種事，那可是個娃娃！」

然而，當我看到娃娃赤裸的身上佈滿了吻痕時，我那原本深藏在內心深處的獸性，竟一股腦兒地湧了上來。我撞倒椅子站了起來，完全壓抑不住心中的熊熊妒火，甚至對黑住起了殺心。

「夢中情人……黑住竟然膽敢使用如此美麗的詞彙……」

當娃娃琉美與黑住開始說起綿綿情話時，我的心更是徹底失衡。眼前這怪異至極、不屬於這個世界的氛圍，嚴重擾亂了我的內心。

霎時間，我一把抓起桌上的鑰匙，顫抖著手打開門、把門鎖回去，也顧不得阿姨睡了沒，頭也不回地衝出黑住家。

「娃娃……琉美……」

我在沒有盡頭的夜路上徘徊。此時夜已深沉，萬籟俱寂，細長的月亮掛在骸骨狀的樹梢上，像是隨時要斷落一般，一張報紙有如陰魂似地乘風飄行。

黑住那個王八蛋，竟敢故意現給我看……

兩人翻雲覆雨的畫面已然烙印在我的視網膜上，栩栩如生地在眼前上演。

我將手插進口袋，無意摸到了那間房間的鑰匙。

「呵呵呵……」

沒有這把鑰匙，你們這對狗男女就等著餓死吧！

我將鑰匙奮力一丟，聽著遠方傳來的清脆聲響。

「呵呵呵……」

丟完鑰匙後，我再也忍不住笑意，一邊走一邊不知所云地大吼，用力揮舞雙手。

不知不覺間，我來到一條漆黑的上坡。月光下的空氣有如白色漩渦般不停流動，一個巨大的煤氣儲槽赫然擋住了我的去路，細枝灌木叢寂然作響，月光有如水滴般從空中零落降下，不禁讓人覺得，世間萬物已經走到了窮途末路。

白金神經少女

我戰戰兢兢地看了一下這間研究室，令人失望的是，並沒有見到木美子的身影。裡頭不到三坪大，塞滿了各種不知名的插電機器。

歐泊酒吧

太陽剛開始西下。

街上一如往常流溢出黃昏時刻的匆忙，準備從早上的銀座轉化為另一個銀座。唯有這間位於地下室的歐泊酒吧依舊寂靜無聲，沉陷在開業以來的昏暗之中。

無論晝夜，歐泊都是寂靜無聲，昏暗無光。

在這個熙熙攘攘的大都會中心地帶，竟有這麼一個被人遺忘的遺落之地。從我偶然打開店門的那一刻起，就為那不尋常的氣氛給深深吸引。

這間酒吧與其說是喝酒的地方，更像一間會客室。四坪大的房間麻雀雖小五臟俱全，在廣東花布燈罩所散發出的光芒下，隱約能看見沉甸甸的桌椅隨性地擺在店內，雖然有些老舊，但桌椅上的喬治王朝風格雕刻，讓整間店猶如一間頂級豪華沙龍。說起來，這間酒吧真不是普通的隱密，就連對銀座熟門熟路的我，也是剛才才發現這家店。它位於河邊兩棟建築物中間的窄巷內，先走下一座看似通往警衛值夜室的樓梯，走到底就會看到一個小小的木刻招牌掛在門口，用不是很專業的刀法刻著「Bar Opal」。

如果當時沒有內急，我大概這輩子都不會注意到這間店，也不會遇到接下來這件奇事。

令我驚訝的是，當我進到店裡時，已經有一位老人在裡面了。他有如一條抹布一般坐在角落的椅子上，頻頻拿起玻璃杯啜飲，偶爾像著魔似的用鉛筆在記事本上振筆疾書。老人身穿看似已經穿了十年的破舊黑色西服，白襯衫看起來像隻纏到領帶的老鼠。不過，他頂著一頭彷彿用雞蛋洗過的亮麗銀髮，偶爾抬起臉來，還能看到他帶有深深皺紋的寬額頭，散發出一種難以親近的威嚴感。

我一進門就注意到老人了，他則是過一陣子才注意到我。不過，他注意到我後便立刻起身向我走來，開始與我聊天。

起初我擺起都市人的架子，並沒有太搭理他。他的聲音跟外表不太合，相當年輕有朝氣，再加上我異乎尋常地像有了醉意，不知不覺間竟也跟他聊了起來。

聊著聊著，這個名叫鷲尾的老人，竟然聊起了跟他一點都不相稱的戀愛話題。

「你說你姓河井對吧？河井先生，你對戀愛有什麼建議呢？」

「戀愛？」

「是啊，男女之間的情事。你那麼年輕，感情生活應該很豐富吧？」

「不不，沒那回事。」

「哇……那你有思考過戀愛的本質是什麼嗎？比方說，電有正電和負電，異性相吸，同性相斥——你不覺得跟戀愛很像嗎？在一起之前攜手克服萬難、放出強大力量，甚至激發出火花。然而，釋放出電力後，就會回到平淡如水的狀態。你不覺得很有趣嗎？」

鷲尾老人口才相當好，才幾口酒的工夫，便滔滔不絕地講起他的「戀愛電學」。

「假設你愛上了某個人，你一定會很在意她對你的看法，希望給她留下好印象，這是人之常情。問題是要怎麼做呢？要怎麼做才能增強她對你的心意呢？」

他的口氣猶如指定學生起立回答的老師。

「這怎麼說呢……」我尷尬地支吾其詞。

「回答不出來對吧？我告訴你，這個問題從人類的角度思考是找不出答案的。就像我剛才說的，我們可以把戀愛視為電現象，只要用『電』來分析思考，就能用數學的方法推演出一目了然的結果。你還年輕，學了這個受用無窮，可要仔細聽好囉！」

鷲尾老人說完淺淺一笑，然後從內袋拿出記事本，攤開在桌上。

戀愛電學

「先說結論，你聽過必歐-沙伐定律（Biot-Savart Law）嗎？」

「完全沒聽過。」

「是喔，方程式是這樣寫的。」

老人拿起鉛筆，在記事本寫下這樣的方程式——

$$dH = K.\ ids \cdot \sin\theta / r^2$$

「在這道方程式中，dH是你要送往對方心臟的電流強度，噢不，是戀流強度。電流通過電線時會在周圍產生磁場，人在戀愛時也會產生一種甜蜜的氣息。這種氣息可是自古以來就有的喔，有首和歌[1]開頭是這樣寫的：『本欲藏於心，卻將戀心形於色……』比較敏銳的人一下就能發現這種氣息。回到剛才的問題，對方能感受到你多少心意呢？如何才能讓對方感受更強烈呢？這個方程式就是答案。這裡不是有 i、ds 嗎？i 是你的戀流強度，ds 是你的心臟，兩個合起來就是流進你的心臟的戀流。再來，$\sin\theta$ 是方向角度的影響，簡單來說就是要流對方向。下方的r是你跟她之間的距離，戀愛會如實反映出兩人之間的距離，而且是平方的反比，跟相隔四尺相比，相隔兩尺就是四倍，相隔一尺就會突然暴增為九倍。我想你應該有過類似的經驗吧，與對方分開後，對方對你的影響力就會愈來愈小，之後只要不見面，很快就會忘了對方。也就是說，要攫取一個人的心，就必須輸出大量戀流，抓準方向，然後盡可能與對方縮短距離。」

老人用年輕人的口吻說完後，用力點了一下頭。

「原來如此，好有趣喔。」

我不自覺地聽得入神，這才發現自己光顧著聽老人說話，進店後還沒點東西。我掃視店裡一圈，發現店裡只有我們兩人，整間店非常安靜。說也奇怪，我們兩個聊得那麼起勁，也沒見有人來幫我點餐。

老人見我一臉疑惑，指向桌邊一個小小的按鈕說：「你要點酒對吧？要按

譯註1 日本傳統詩歌。

這個按鈕。」

我這才發現，每張桌子上都有一個按鈕。

「這點酒方式還真特別……」我有些愕然地按下按鈕，鈴聲隨之響起。只能說，這間歐泊酒吧真的很不尋常。

然而，下一秒卻發生了令我更為驚訝的事。

鈴響後，一個女孩推開內門走了出來，她的盛世美顏令我大吃一驚。沒想到這間與世隔絕的陰暗酒吧，竟藏了這麼一個令人驚豔的美少女，她突如其來的出現簡直就像在變魔術一樣。雖說我早就知道按鈴後會有人出來，但這個女孩實在太合我的口味了，所以才會聯想到魔術。

她穿著一襲綢緞洋裝，呈現出有如雕像般凹凸有致的曲線。她沒有說話，甚至沒有一句「歡迎光臨」，只是用那雙水汪汪的大眼睛盯著我瞧，然而，我卻能感覺到她正用視線向我溫柔低語。

幫我點完餐後，她對我一鞠躬，像來時一樣踏著小碎步走進了內門。

當場我也顧不得別人怎麼看了，忍不住對她發出讚嘆。後來回想起來，總覺得這美麗的女孩走路方式有些不自然。

地底研究室

「嘻嘻……」鷲尾老人竊笑，「你喜歡人家對吧？」

我這才回過神來，瞬間耳根子都紅了。

「沒有啦。對了，方程式裡不是還有個K嗎？K是什麼？」

「哈哈哈，你打算現學現賣是嗎？好，我就告訴你吧！哈哈哈。K是某種係數，這個數字必須依照當下的狀況增減。不過啊，我奉勸你最好別打木美子的主意，因為她的這個係數是零。當K為零時，這個方程式就會得零，也就是毫無反應。」

「可是……」還來不及說完，內門又打開了。

女孩再度踏著小碎步來到我的桌邊，用左手將杯子放在桌上，然後有如機械一般，用分毫不差的步伐走進內門。

「她是左撇子啊……」我呢喃道。

鷲尾老人聞言，若有所思地說：「小子，不錯嘛！」然後不顧我的吃驚繼續說：「你的觀察力很敏銳，應該能聽懂我的研究，要不要去我的研究室坐坐？」

「不用啦……」

「別客氣！小子，你通過考驗了，我就老實告訴你吧，我是這間酒吧的老闆。」

他突然改口叫我「小子」，口氣也倚老賣老了起來，這讓我有些不知所措。

「我的研究室就在裡面，人員只有我與木美子這個助手，沒什麼好顧忌的。」

既然他都這麼說了，我心想去看看也無妨。一方面是出於我對老人的好奇，但最主要還是因為那個美麗的女孩是他的助手。

「跟我來。」

鷲尾老人說完便起身走進內門。雖然不知道他實際年齡多大，但從他的說話方式和走路的樣子來看，少說也超過六十歲了。木美子看起來只有十八、九歲，是老人的女兒嗎？但以父女來說，他們長得未免也太不像了。

我跟著老人走進內門，但沒看到女孩。門內有一個小小的置物架，上面零零落落放了七、八瓶洋酒。只能說這是一家很空虛的酒吧，連一般的小居酒屋都比不上。

走著走著，一股寒氣驟然向我襲來，瞬間酒都醒了。我們沿著狹窄的樓梯不斷往下走，樓梯看起來是非專業人士挖的，沿路相當簡陋，最後連接到一個磚牆的開口。

「這個地方好奇怪喔。」

我有些後悔自己不該這麼好奇，然而老人卻不以為意。

「怎麼啦？小子，這裡本來是地震震出來的斷層，是我自己加工建成的。很方便對不對？地點夠隱密、不用擔心曝光，還可免費取得實驗用電。」

「免費？」

「呵呵……」

鷲尾老人頂著一頭銀髮，先是對我微微一笑，然後指了指旁邊。只見本來應該要埋在地下的電纜竟裸露在外，從中拉出的電線一路延伸到研究室內。

我戰戰兢兢地看了一下這間研究室，令人失望的是，並沒有見到木美子的身影。裡頭不到三坪大，塞滿了各種不知名的插電機器。值得一提的是，研究室的四面牆上掛著淡綠色的窗簾，看起來應該是她的巧思。如果沒有這些窗簾，這間晦暗的房間簡直跟地窖沒兩樣。

「來，你坐啊，快坐下。」

鷲尾老人喜上眉梢，把散落在地的變壓器、真空管整理了一番，騰出了一個小空位。

白金神經少女

「哇……」我掃視一陣後對老人問道：「您在從事什麼研究呢？」

「我在研究電，而且不是機器的電，是人類的電，也就是剛才跟你說的那套戀愛電學。」

「老實說，我覺得不太能把人跟電混為一談。」

「確實不能隨便混為一談。不過，你知道心領神會這種現象吧？有時候我們不用特別說出來，對方也能理解我們的意思，這種現象一般很難說明白，卻能夠用電學的感應作用、相互誘導作用來解釋。簡單來說，當我們在思考時，大腦就會產生某種電流，當這種電流在對方的腦漿中引發電流時，就會發生心領神會的現象。可是呢，人跟機器一樣，有敏感度高低之分，同一個人在不同狀態也會有所差別。」

「您的意思是，當我們在想事情時，大腦就會產生電流是嗎？」

「沒錯，神經就是這些電流的導線，將電流傳到手腳、予以刺激，我們的身體才能做出動作。」

「可是……」

「你不信對吧？好，我給你舉個實例，你剛才見過木美子了對吧？」

「嗯，只見了一下子。」

「一下子就夠了。木美子本來並非左撇子，她會變成左撇子是有原因的。木美子不是我的親生女兒，她在一場地震中失去了雙親，當時她才兩、三歲，不幸被壓在倒塌的房子下方，一雙柔軟的手臂活生生被壓斷。」

「所以她裝了義手……？」

「不是！你不要插嘴！聽我說完！當時我把她救了出來，負責急救的剛好是外科名醫畔柳博士。她雖然撿回了一命，但兩隻手臂的運動神經都被壓斷了。如果只是一、兩寸的傷口，還可以進行縫合，但她傷得非常嚴重。正當無計可施時，我突然靈光一閃，何不運用我的電學研究，用電線取代她的神經呢？於是，我將白金錘成毛髮般的細長狀，植入她的手臂之中，沒想到這個方法非常成功！再加上畔柳博士精湛的手術技巧，現在她不僅神經系統暢行無阻，皮膚甚至沒有留下半點疤痕。」

「那她是怎麼變成左撇子的？就算植入了白金線，神經還是會自然再生、重新接上不是嗎？」

「呵呵，那是你們這種門外漢的想法。我有證據能證明現在木美子的手臂運動神經還是用白金線，人類一般是由左腦操控右半邊身體、右腦操作左半邊身體，這個你應該知道吧？當初畔柳博士太忙了，不小心將白金線裝反了，導致木美子的右手臂是由右腦操控、左手臂由左腦操控，變成了後天左撇子。還有，一般人走路時，踏出右腳會擺動左手，踏出左腳會擺動右手，透過這樣的方式來取得平衡。但可憐的木美子只能同手同腳走路，所以才會看起來怪怪的。」

「……………」

聽完這個離奇的故事，我只能目瞪口呆地點點頭。我本來只覺得木美子走路方式比較特別，沒想到背後竟有如此非比尋常的由來——因為她的神經被換成白金，又被搞錯了與腦漿的連結方向。一想到自己竟然對這個擁有白金神經的女孩怦然心動，就讓我感到一種近乎狼狽的詫異。

「哈哈哈哈，看來你嚇得不輕呢！這也難怪，莫名其妙聽到這些，一時之間應該很難接受吧。好了，你現在對我的研究已經有了初步了解，就幫幫我吧。我開這間歐泊酒吧做生意，就是為了遇見像你這樣的優秀青年。可是啊，我不想要太過鋪張，一方面是因為我不想在這個紛擾的世間拋頭露面，最重要的是這間研究室絕對不能曝光，所以才在門口掛那種不起眼的小招牌。還好沒花上多少時間，就讓我遇到像你這種觀察力敏銳、一眼就能看出木美子是左撇子的年輕人，我實在太高興了！你就跟木美子一起幫我的忙吧！我的研究就差臨門一腳了，只是應付不了種種開支……」

聽到這裡，我立刻覺得自己上當了。他把我帶來這個陰森森的下水道研究室，果然是為了錢。

看到我的反應，鷲尾老人笑了。

「哈哈哈哈，放輕鬆一點嘛，我鷲尾絕對不會佔人便宜的。我將所有財產全部投入了研究，現在手上只剩下這麼一個值錢的東西了，那是一幅絕世名畫，只要將這幅畫脫手，我到做完研究前都不愁吃穿了。」

「是什麼畫呢？」

我聽不懂鷲尾老人說的電學，但對繪畫還算有興趣。

「米開朗基羅的畫。」

「什麼？」

「米開朗基羅的畫。在你正式進研究室幫忙前，就先幫我賣畫吧。走，我帶你去看那幅畫！」

說完，老人走出研究室，帶我爬上那座危險的樓梯，回到歐泊酒吧。

我們回到酒吧時，木美子正坐在椅子上想事情，看到老人進門，嚇得急忙起身。

「木美子，妳去把那幅米開朗基羅的畫拿過來。」

「是……」

她細聲回話後快步走向內門，不知道是不是因為太過匆忙的關係，她並沒有同手同腳走路，但拿著畫回來時，又變回一開始那種怪異的走路方式。

「就是這幅畫。」

鷲尾老人似乎沒有注意到木美子的異狀，只顧著將古畫拿給我看。

歐泊酒吧的店內相當昏暗，鷲尾老人將畫立在牆上給我看。眼前這幅畫大約五十號畫框的大小，我對米開朗基羅的認識並不深，當然也沒看過他的真跡，只知道他習慣用肉體的集合體來創造宏偉雄大的節奏，因而將細節與色彩壓縮到最小限度，和同年代的拉斐爾的典雅畫風完全相反。這幅畫要說是真跡也並非不可能，但我好像在哪裡看過這幅肉體群像的作品。

「米開朗基羅啊……我好像在哪裡看過這個構圖。」

「你看的應該是照片吧，這幅畫和西斯汀禮拜堂裡的壁畫《最後的審判》是同一個作品。準確地說，這應該是那幅壁畫的草圖，又或是人家拜託他畫的縮圖。噢不，就年代來看，這幅畫應該是他在完成壁畫後才畫的。」

「您連作畫的年代都知道啊。」

「我當然知道，」鷲尾老人一臉得意，「因為畫上有寫日期。我就是因為這幅畫上有日期，才一直珍藏至今。世上沒有比數字更值得信賴的東西，無論你是大人還是小孩，一加一就是等於二，這可以說是數字的恩惠吧，哈哈哈哈。這也是我跟『電』如此合得來的原因，因為電和數字有關。我畢生的願望，就是用電學來闡明最不能用數學解釋的東西——戀愛。為了完成心願，我也只能賣掉這幅畫了……」

說著說著，老人將畫作翻到背面，指向滿是灰塵的畫布。

「你看，這裡寫著一五八二年一月十日。」

定睛一看，上面確實用淡淡的字寫著「1582.1.10」。

一五八二年一月

「那你大概要賣多少錢？」

「這個嘛……不用太多，只要有十萬塊研究費就好。」

「十萬塊？」

如果這幅畫是真跡，賣這個價錢當然沒話說。但我愈看愈覺得這幅畫可疑，就連在這昏暗的店內都能看出端倪。

「一五八二年，我看看……」

我拿出記事本看了一下，很快就發現了不對勁。

「鷲尾先生，這幅畫不值這個價錢。」

「我訂太高了嗎？那你說能賣多少？」

「大概連十萬的千分之一都不到……」

「怎麼可能！」鷲尾老人大驚失色，「你說什麼？你的意思是……這畫是贗品？」

「很遺憾，是的。」

「你、你聽不懂是嗎？我不是說了，這上面有寫日期……」

「這個日期正是贗品的證據。」

老人手握拳頭放在胸前，氣得不停發抖。

「這裡有寫，我唸給你聽。」

我將記事本上的內容唸了出來。

「正確來說，一年有三百六十五點二四二一九八七九天，因儒略曆每四年置一閏日，導致每四百年就會多出三天閏日，這也是儒略曆的缺點。到了一五八二年的春分時，儒略曆的日期與正確日期已差了十日之多。為此，當時羅馬教宗格里·高利十三世頒布法令，將一五八二年一月四日的次日訂為一月十五日[2]，並正式改用格里曆——也就是說，這幅畫上寫的一五八二年一月十日是不存在的，當時的人絕對不會寫出這個日期，因為一五八二年一月四日的隔天就是一月十五日，中間有十天的空白。由此可知，這應該是不知情的人所畫的贗品……」

譯註2 歷史上是將十月四日的次日訂為十月十五日，中間消失了十天。

就在這時，一聲巨響和木美子的驚叫打斷了我。

鷲尾老人昏倒了！

他對數字與日期是如此地深信不疑，如今卻遭到無情的背叛。

現在哪是糾結於日期的時候！我與木美子趕緊拿水給他喝，衝出去叫醫生。

鷲尾老人住進了位於東京西部的A精神病院。

「一個月前，他還是個無可挑剔的好叔叔……」

木美子一臉落寞，輕聲對我說。

「叔叔本來是那棟大樓的資深管理員。一個月前，他發現下水道斷裂處的地下電纜外露，因擔心造成危險，他決定自己先處理，便徒手摸了電纜，沒想到竟整個人被電飛，引發了不小的騷動。大概是因為撞到了頭，在那之後叔叔變得對電非常著迷，行為舉止也變得很奇怪，他堅持我的神經是白金做成的，要求我同手同腳走路，還說要把這間房間改成酒吧、招募助手。不過有件事是真的，我確實在地震中失去了雙親，在叔叔的照顧下長大。見叔叔變成這樣，我只能獨自默默擔心，也希望能夠幫助他早日康復，所以一直隱忍配合。出事後我一直在幫叔叔代班，大樓才願意繼續收留我們，然而，叔叔在那間研究室裡接電真的很危險，我每天都提心吊膽，擔心他再次出事、被大樓掃地出門。叔叔於我有養育之恩，我不能因為他精神出了問題就棄他於不顧。還好……還好有你的出現，他才有機會住院療養，這樣我就安心了。現在想想，叔叔精神都不正常了，我還讓他整日與電為伍真的很不智，為什麼我沒有早點帶他去看醫生呢……」

她終於放下心中大石，見她露出美麗的微笑，我也不禁莞爾。

「那幅畫又是怎麼來的？」

「那是叔叔兩、三個月前在路邊攤買的。他精神出問題後，自己在畫布上寫了日期，還視為珍寶。河井先生，你那時不是提出了一個很難的解釋嗎？但其實，米開朗基羅早在一五六四年就去世了，也就是那個日期的將近二十年前……」

說到這裡，我們都忍不住笑了。

鷲尾老人住院後，精神狀況漸入佳境。有一次我和木美子一起去探望他時，他正在將收音機分解重組。

「呦！你們來啦，兩個人要盡量靠近一點，距離成平方的反比喔！對沒錯，就是這樣，手牽起來。很好，這是最好的狀態，只要維持這個狀態，你們的火花就絕對不會熄滅！」

說完，這個研究戀愛電學的老學者開心地笑了。

魔像

照片能捕捉超越五官的神秘感，進而塑造出美麗的畫面。我認爲沉溺在照片中的自己非常幸福。

一

寺田洵吉這天也一早就出門找工作，在一如往常地處處碰壁後，再次嚐到了全新的失望。他在大街上到處閒晃，不自覺地來到了淺草公園。

——這是寺田的「每日空虛行程」。

自從在故鄉遭到軍隊除籍，他便再也忍受不了鄉下生活，幾經考慮後，決定到東京投靠唯一的叔叔。因叔叔家裡沒有能力供寺田吃穿，才來到東京沒多久，寺田就開始了他的「每日空虛行程」。

寺田嘆著氣走進公園，習慣性地來到瓢簞池旁的藤架下，一邊聽著有如甲烷外漏的淒涼聲響，一邊看著各場館掛設的廣告旗幟發呆。那些刺眼的旗幟有如五彩繽紛的暴風雨一般，歇斯底里地隨風亂顫。

「這裡還是這麼多人……」

寺田嘟噥完，忽然想起兩、三天前在這裡偶遇國中同學水木的事。他這才想到，水木說不定可以幫自己介紹工作，自己怎麼就沒想到去找他呢？

寺田急忙翻找身上的口袋，這件皺巴巴的衣服是他唯一的行頭。

因那天寺田根本沒料到會在這裡見到老同學，再加上水木看起來過得很好，在他面前只顯得自己更加落魄悲慘，所以接過水木的名片後，寺田看都沒看就直接塞進了口袋，有如逃命似地離開了現場，徒留水木在背後對他喊道：「有空來找我玩喔！」

所幸名片還在，他從口袋深處撈出那張皺成一團的名片，這才鬆了一口氣。

那是一張相當精緻的名片，上面用楷書印著一串新東京[1]的地址——水木舜一郎，東京市杉並區荻窪二之四百號。

寺田決定立刻動身，他快步離開那座散發出濃烈青草味的藤架，跨越六區來到路面電車的搭乘處，換了幾趟車後，終於抵達荻窪。

此時天空已褪成了灰黑色。

譯註1　戰後重建的東京地區。

寺田在車站向人問路，依指示渡過一條小河、穿過商店街，來到一個荒無人烟的區域。雖然這裡是新開闢的地區，但未免也太荒涼了。

眼前的景象讓寺田想起荒僻的故鄉，他走在逐漸西下的夕陽中，拉著長長的影子，在幾番走錯路的折騰後，終於找到了寫著「水木舜一郎」的門牌。此時空氣雖然冷颼颼，寺田的心裡卻暖呼呼的。

寺田先是看了看水木家北邊的那片玻璃屋脊，隨後戰戰兢兢地拉開門，向裡面喊了幾聲。然而屋內悄然無聲，似乎沒有人在。

寺田等了一會兒，動了動漸感涼意的雙腳，又往裡面使勁喊了一聲。這時，一個聲音從遠方傳來——

「哪位？」

「是我！寺田，寺田洵吉！」

「喔！是寺田啊，我現在剛好走不開，你先自己進來好嗎？」

聲音有點遠，但確實是水木的聲音。

寺田有些忌憚自己髒兮兮的雙腳。他走進屋內，循聲來到一個房門口，躡手躡腳地拉開房門。

「媽啊……」

往房內看去的那一瞬間，寺田胸口一震，嚇得心臟差點跳出來。

這也難怪。

因為前方的牆壁上，有一個直徑超過三十公分的大眼睛正死死盯著他。那有如洞穴般的冰冷視線瞬間掠過寺田的全身，嚇得他心驚膽顫。

那隻眼睛的眼白上佈滿了有如蜘蛛絲的紅色血絲，睫毛有如火筷子一般高高聳立，中間的黑色眼眸空虛無比，映照出令人毛骨悚然的倒影。

寺田完全無法與之對視。

他急忙看向地板，才剛喘口氣，就發現天花板上垂著一隻龐大的小腿，再次被嚇得魂飛魄散。那隻毛茸茸的小腿有一般人的四、五倍大，明明屋裡沒有風，上面的腿毛卻打結在了一起。

之後，各種巨大的人體部位一一浮現，有手臂、肚子、耳朵、乳房……在這個昏暗的空間之中無聲蠕動。

這些部位扭得愈來愈用力，最終游出了這間薄暮冥冥的房間，圍到寺田身邊。

寺田被這駭人的景象嚇得雙腳發軟，無力地癱靠在門上。

二

正當寺田準備逃命時，另一頭的房間傳來水木的聲音：「我就快好了，等一下喔。」要不是聽到水木說話，他早就逃出這間鬼屋了。現在回想起來，他當時實在應該要馬上逃走的。

「很暗吧？燈的開關在門旁邊。」水木從隔壁房間對他說道。

此時的寺田根本無法出聲回應，他窩囊地顫抖著手，在牆壁上亂摸了一陣，好不容易才摸到電燈開關、用力按了下去。

隨著開關發出的微弱聲響，刺眼的亮光瞬間灌滿整個房間。一眨眼的工夫，那些原本在房裡游動的大手、大腳、大嘴唇，全被吸入了牆上的照片中，一副事不關己的模樣。

「什麼嘛……原來只是照片啊……」

發現剛才那些龐然大物只是水木貼在牆上的照片後，寺田鬆了一口氣。他愣愣地站在房間門口，心臟依然狂跳不已，腦袋也隨之嗡嗡作響。

等待期間，他沒有特別去回想，腦中卻突然浮現出水木舜一郎中學時的模樣。

在寺田的記憶中，水木從以前就與「照片」密不可分。

當時水木是個稚氣的美少年，家境優渥的他中學時就擁有自己的相機。要知道，對鄉下的中學生而言相機可是奢侈品。

起初他只是幫同學拍一些普通照片。拍膩了以後，便開始拍自己倒立的照片（好笑的是，他費盡了千辛萬苦，拍出的成品卻非常普通），又或是毛毛蟲的大特寫，然後故意把那些毛茸茸的醜照片拿給同學看，看到同學露出害怕的表情，他就樂不可支。

在水木拍的照片中，有一張就連寺田也認可的傑作。

當時水木到鎮上的繪葉書店買了許多女明星的照片，將這些照片分割重組，用東活劇場冬島京子的嘴巴、東邦劇場春澤美子的眼睛、誰誰誰的耳朵……用每個女明星最具特色的部位，巧妙地拼湊出另一張美女照，然後用相機拍下來。

水木把那張照片夾在課本中偷帶到學校，裝模作樣地問那些自詡「女明星專家」的同學：「喂，你們知道這是誰嗎？」看到他們歪頭苦思的模樣，水木高興得直拍手。

過去的情景如今仍歷歷在目，當時寺田也看了那張照片，照片上是個無可挑剔的人工美女，那沒有溫度的模樣令人心生恐懼。

「我來了……」

正當寺田沉浸在過去的回憶中時，水木從房間裡的另一扇門走了進來，手上拿著一張還在滴水的玻璃版底片。

「抱歉讓你久等了，洗照片不能中斷，你在發什麼呆啊？」

「沒什麼。」寺田本想對他笑一笑，臉頰卻僵硬到笑不出來。水木似乎沒有發現寺田的異狀，一心顧著手上的玻璃版，他將玻璃版拿到寺田面前說：

「你看，這張拍得很棒吧。這可是淺草的小川鳥子喔！我好不容易才取得她的同意，今天去幫她拍了全裸的藝術照。」

「小川鳥子……」聽到這裡寺田也來了興趣，他看向玻璃版問：「你是說最近很紅的那個舞孃嗎？」

然而，對看不慣底片的寺田而言，這只是張不成體統的裸照，一個看起來像是黑人的少女在乳白色的背景前全裸擺著姿勢，全身只有眼睛和嘴巴附近是白色的。

「鳥子的皮膚是很少見的乾燥肌喔，令人大開眼界……」

水木面露喜色，將玻璃版舉起來欣賞。
「我今天還有一些照片要洗，你跟我來。」
說完，水木便帶著寺田進到剛才的房間。

三

那是間小小的暗房，房間的四周掛著沉重的黑窗簾，每塊窗簾上的皺褶都非常寬鬆。房裡只有一盞小小的紅燈，散發出有如風中殘燭的微光。
「感覺好懷念喔，我們好久沒見了，上次能在淺草偶遇真的好巧。」
水木一副遙想當年的表情，他關起房門、打開紅燈，量了一杯水倒入白色容器。
寺田看著他漂亮又靈活的雙手，說道：「是啊，真的好久沒見了。話說，你為什麼對照片這麼著迷啊，我記得你以前在學校就是個出名的照片偏執狂。」
水木將鵝黃色的玻璃版放入白色容器中搖晃，聽到寺田這樣稱呼自己，他微微露出苦笑，但馬上又恢復正色。

「我根本不在意別人怎麼說，我實在太喜歡這種感覺了。你看，這張玻璃版上什麼都沒有對吧？既沒有風景，也沒有人像……但只要像這樣搖一搖，影像就會慢慢浮現。這種感覺讓我興奮不已，欣喜若狂。

我想你應該能懂的，期待空白的玻璃版上等一下會出現什麼影像，那種淡淡的興奮與愉悅……

即便你已經完全不記得某個人的長相，照片還是會將他的樣子分毫不差地顯現出來，連一條皺紋都不放過，精準到令人畏懼的地步。照片能捕捉超越五官的神秘感，進而塑造出美麗的畫面。我認為沉溺在照片中的自己非常幸福。」他的口氣彷彿在喃喃自語似的。

水木蒼白的臉龐吸收了紅色的燈光，浮現在一片昏暗之中，那臉色看上去有如腦中風病患一般令人駭然，大紅色的嘴唇甚至泛著綠光。

這時，光滑的玻璃版先是浮現出淡淡的黑點，霎時延伸到整張版面，浮現出神奇的影像。寺田看著看著，竟也從這種莫名其妙的期待中感受到一股強烈的吸引力。幫忙幾張照片後，他也和水木一樣，有如被勾魂攝魄一般陶醉其中。

作業到一個段落後，因玻璃版還是濕的、還不能印像，水木便提議到外面抽根菸休息一下。於是兩人走出暗房，來到剛才把寺田嚇得半死、貼滿詭異照片的房間。

那盞紅燈彷彿在黑暗中喘息一般，雖然光線非常微弱，卻具有意想不到的神奇力量，讓寺田瞬間轉念，將他帶入了全然未知的世界。

這些人體照片有如惡夢一般在牆上蔓延。然而，如今的寺田已經不再排斥這些詭異又醜陋的照片，反而快步走到照片前端詳了起來，一副百看不厭的模樣。

照片上的皮膚被放大數倍，毛孔看上去有如月球表面，彷彿在欣賞天體的照片似的。上面的汗毛有些直直聳立，有些打結在一起，有些尾端分岔……寺田看著看著，竟感到莫名的愉悅。

他早已忘記水木的存在，配合照片的高度一會兒伸長脖子，一會兒彎下身子，隨心所欲地欣賞品嚐。半晌，他被這些照片所釋放出的詭異波動震懾得動彈不得，神情也恍惚了起來。

這是藝術的最高境界。

這些人體部位被裁切得七零八落、放大到如夢似幻。山巒河川、森林低谷、風吹草動的聲音，彷彿全都混雜在這些脖子、乳房、肚臍之中，不斷地呼氣吐息。

寺田劇烈的心跳聲在這間寂靜的房間中迴盪。原本水木只是站在角落、默默地看著寺田，此時卻露出了淡淡的笑容。

四

「寺田，你好像對這些照片很著迷嘛……今天時間也晚了，你要不要住下來？我家只有我一個人，不用客氣喔。」

寺田這才回過神來，往門外的庭院看去，只見黏糊糊的夜色已然沉澱在泛白的月光之中，魆黑的夜風在玻璃門外蹣跚而行。

「總之今天你就住下來吧。話說，感覺你也挺喜歡照片的，要不要搬到我這來幫忙？你應該也不打算一直住在你叔叔那邊吧？」

說完，水木抿了抿紅唇，凝眸望著寺田，等待他的答覆。

聽到「叔叔」兩個字時，寺田腦中浮現出那間長屋的角落、嬰兒的哭聲、泛紅扎腳的榻榻米，還有叔叔那彷彿刻有陰影的臉龐……但這些畫面瞬間便煙消雲散。

「沒問題！我願意當你的助手！」

寺田迫不及待地回答。他早已受夠了叔叔那每天筋疲力盡的模樣，不想再過那種寄人籬下、看人家臉色的生活，能夠投靠多金的水木，幫忙沖洗那些引人入勝的照片，他不知道有多高興。

寺田當天就住了下來。隔天一早，他火速回到叔叔家，向叔叔簡單說明原委、拿了少少的行李後，便搬進水木家，與他一起創造各種離奇古怪的「影像」。

那段時間，寺田感受到了前所未有的快樂。

有一次，他們成功拍到了蛇吞青蛙的大特寫，兩人都非常高興；又有一次，他們為了拍攝「絞刑台上的死囚」這個主題，特別打造了陰森森的背景，在天花板上綁了繩子，由寺田扮成死囚上吊。最荒唐的是，他們為了調整光線而延長了快門的速度，導致寺田差點就要魂歸西天。但寺田的付出是值得的，照片的效果非常好，完美地捕捉了人在墜落至死亡深淵的瞬間畫面，看了令人毛骨悚然。

「這張照片太成功了……」

等不及照片晾乾，水木和寺田就搶著想要一睹為快。看到成品後，他們開心得拍手叫好，在房間裡手舞足蹈。

兩人樂此不疲地拍攝各種「怪照片」，至今已拍出相當可觀的數量。

有一天，水木在整理照片時突然對寺田說：「寺田，我覺得……這麼棒的照片只給我們兩個人看實在太可惜了，我們要不要辦個攝影展呢？或許沒有辦法公開展出，但可以採會員制入場的方式。那些人看到我們的作品肯定會大吃一驚，說不定還會有人暈倒呢。」

可想而知，寺田當然是舉雙手贊成。

「說不定還會有人暈倒呢」——這句話觸動了寺田內心深處的虛榮。

「好啊！什麼時候辦呢？」

他迫不及待地望向水木，然而，水木卻一副若有所思的模樣。

「現在還不行，我從以前就非常想拍攝一個主題，那是我畢生的心願，我得先拍出那張照片才能辦展。」

「什麼樣的主題？」

「現在還不能說……但我當初之所以請你來幫忙，就是為了拍攝這個作品。」

這讓寺田更加好奇了。

「你就告訴我嘛！當然，我是一定會幫你忙的。」

然而，水木卻沒有回答，開始全神貫注地整理照片。

寺田從水木蒼白的側臉看出他的重大決心，自然也不敢再追問下去。

五

兩三天後，因家裡的玻璃版用完了，水木便請寺田到車站附近的攝影器材行採買。

選購完各式玻璃版後，寺田突然有一種不祥的預感，感覺水木家好像出事了，因而加快了回家的腳步。

他快步走在黑色的軟土路上，很快就看到了水木家，彎過轉角後，他發現那片採光用的玻璃屋脊有半面正閃閃發光。

「希望沒事……」

雖然那片玻璃偶爾就會發光，但他今天總覺得心裡七上八下的。他加快速度走進大門、拉開玄關的拉門——

「咦？」

不出他所料，家裡真的出事了。

門口的石板地上，丟著一雙與水木生活格格不入的膠底分趾鞋襪，金色的襪扣在昏暗的玄關中散發出狡詐的光芒。

寺田急忙脫下木屐大喊：「水木！水木！」他在家中四處尋找水木的身影，但呼聲只是不斷被牆壁悄然吸收，沒有任何回應。

最後他來到玻璃屋脊下方的閣樓，那裡有一間寬敞的攝影棚。

「水……」正當他打開門、準備開口大喊時，門內的水木急忙制止了他。

寺田將聲音吞了回去，他看了看四周，立刻明白為什麼水木不讓他出聲——水木的腳邊躺了一個身形健美的年輕女孩，她睡得很沉，身上只穿著一件單薄的襯衣。

寺田有些尷尬，他躡手躡腳地走到水木身邊，戳了一下他的肩膀說：「這是誰啊？抱歉我不知道你女朋友來找你……她睡得好熟喔。」

「哈哈哈哈！」

水木突然放聲大笑，把寺田嚇得身體一顫。那是一種不規則、極其尖銳的瘋狂笑聲，屋裡的空氣也隨之震動了起來，寺田很擔心女孩會不會被吵醒。

「寺田，你誤會了啦，這個女的是我剛才遇到的……你看清楚點，她已經死了。」

這出乎意料的發展，再加上水木臉歪嘴斜的詭異表情，寺田嚇得雙手一軟，差點把剛買回來的玻璃版摔到地上。

「別那麼驚訝嘛。這女的是沿路叫賣的小妹……很可惜你剛好不在，我就自己一個人下手了。」

聽到這裡，寺田想起了玄關那雙分趾鞋襪的襪扣。

水木的巧舌如簧實在令人畏懼，他有一種足以請君入甕的神奇魅力。比方說，之前他只花了兩、三天，就說服當紅舞孃小川鳥子讓他拍裸照，這次又成功引誘叫賣小妹進屋上樓（他總不可能直接在門口光明正大地動手吧）。

就連寺田當初，也是來水木家兩、三個小時就成了他的俘虜，心甘情願當個被操縱的傀儡，幫他拍攝各種詭異的照片。

寺田杵在原地，他沒有特別去思考，腦中卻不斷浮現上面這些想法。

這時，水木突然在寺田的耳邊說：「好了，寺田，我需要你的幫忙。」

聽到水木的聲音，寺田驟然回過神來，剛才的想法也瞬間煙消雲散，取而代之的，是如何幫水木湮滅證據——「玄關那雙分趾鞋襪會引人懷疑，得先把它處理掉……」

六

寺田依照水木的指示，脫掉女人的襯衣，在攝影棚旁邊的倉庫選了一個大玻璃箱。寺田以前就看過這些玻璃箱，只是不知道這些箱子是做什麼用的。他小心翼翼地將女人的屍體放進箱子裡，彷彿在放一個什麼壞掉的物品似的。

寺田將箱子的蓋子蓋好，用油灰將縫隙黏緊。完事後，他仔細端詳了一番女人赤裸的身體。

女人躺在那只玻璃箱裡，就有如人魚放在冰塊上一般美麗。寺田如置夢中，沉醉地看著她流瀉在枕頭上的秀髮、仍留有血色的雙唇、微張的嘴巴、隨之露出的潔白牙齒……。女人的小麥色皮膚充滿光澤，看上去緊緻而澎潤，煥發出非常健康的氣息。

看著看著，寺田不禁發出讚嘆聲，回頭看向水木。

水木見狀笑道：「如何？很棒吧。我今天看到她時也是驚為天人，她的身體是我夢寐以求的理想類型，我一直都在尋找這樣的肉體。而且像這種到處推銷叫賣的女人，本來就很難掌握行蹤，失蹤了也很難調查，這可是千載難逢的機會啊……」

說完，他開始準備拍照的器材。

「你要幫她拍照啊？既然如此，何必把她放在玻璃箱裡呢？如果只是要拍照，用不著要了她的命吧……」

寺田還是摸不著頭緒。

「我為了尋找這副身體，可說是費盡了千辛萬苦，沒想到她竟自己送上門來……至於為什麼要殺了她嘛……」水木停了一會兒，又說：「呵呵，說了你可別嚇到，是因為我要拍攝健康肉體慢慢腐爛的過程。」

「她的肚子現在鼓鼓的，明天就會凹陷下去。我打算拍眼球慢慢溶解、大腿肉慢慢腐爛的過程，每天拍一張照片，不知道可以拍上幾天呢……」

雖然寺田至今已拍了不少超乎常人想像的醜陋照片，但在聽到這個計畫的瞬間，胃裡的東西還是湧上了喉頭，甚至有些頭暈目眩。

這副健康的屍體，之後就會滲出暗紅色的屍水，表皮慢慢剝落，長出無數的蛆蟲。內臟與肉塊也會腐壞成藍紫色，從骨頭上滑落，化作黏稠腐汁沉澱在箱底，而蛆蟲將於裸露的骨頭上列隊舔食。到時水木就會在一旁舔著他鮮豔的紅唇，忙著對焦拍照……。

一想到那個畫面，寺田就忍不住想吐。他很清楚女人才剛死，屍體甚至還沒有僵硬，玻璃箱也已經密封完畢，但還是感到一股臭味撲鼻而來。

此時的寺田已無法繼續待在這間房間，他憋著氣衝下閣樓，才敢放心呼吸。

過了一會，水木一臉淡定地走了下來。噢不，與其說是淡定，更像是滿懷希望。

看到寺田坐在椅子上喘氣的模樣，水木雖然覺得好笑，但還是基於朋友的道義，倒了一杯水給他喝。

「寺田，你怎麼嚇成這樣啊？你個子那麼大，膽子倒很小嘛。」

被這麼一說，寺田有些難為情，連喝了好幾口水壓驚。

「水木，你到底為什麼要拍女人屍體腐爛的過程？」

寺田口氣強硬地問道，他實在不想再這樣折騰下去了。

「我不是跟你說過了嗎？我從以前就非常想拍攝一個主題，那就是『逐日腐壞的亞當與夏娃』。很棒吧？這可是我的畢生心願呢。」

「亞當與夏娃？」

「是逐日腐壞的亞當與夏娃。」

「夏娃你已經找到了，還要繼續找亞當是嗎？」

還要繼續殺人啊……寺田心想，剎那間，一股不祥的感覺向他襲來。

水木倒是一臉淡然。

「不，亞當早就找到了，他在我找到夏娃之前，就待在我身邊幫忙。」

「咦？」

那……那不就是我嗎？

「呵呵，你嚇得臉色都變了呢。我在淺草遇到你時，就被你的『甲級體格』給深深吸引。你現在感覺如何？剛才那杯水的味道應該有點怪怪的吧。」

「水木，你竟打算殺我？」

寺田大吼一聲，奮力起身衝向水木。

然而，藥效卻在這時發作了。他全身一軟，砰的一聲倒在地上。

寺田大聲咒罵、怒吼嘶叫，但此時聽在他的耳裡已是弱比蚊吟。

在意識逐漸遠去的過程中，他彷彿感覺到，自己的腳已經開始腐爛了。

鱗粉

事情發生在這座絢麗的海濱小鎮，被害人長相標致，造型又很特殊，留著短髮，作的是洋風打扮，就外表推測應該是中上階層人士。有這麼多明顯的線索，居然連身分都查不到，實在令人百思不得其解。

一

海濱小鎮K——

在這個國度中，K是「夏天」最為絢麗奪目、多采多姿的城市。

當K鎮的天空出現「夏天」的象徵——層層疊起的厚實積雲時，人們就會從漫長的冬眠中甦醒，像蜜蜂一般傾巢而出。此時大街小巷都充滿了活力，無論男女老少，所有鎮民都因為滿懷期待而閃閃發光。鎮上居民每年只需在夏天做兩個月的生意，就足以維持一整年的生活。

七月！

紫藤花已然凋謝，令人鬱鬱寡歡的梅雨季也劃上句點，強壯的熊蜂在垂滿豆子的藤架下振翅飛舞。

清爽而甘甜的七月夏風。

從遠方傳來的巨聲浪響，還有潮汐的香味。

「夏天到囉！」

每到這個時期，老店就會忙著清潔遮陽棚上的灰塵，油漆斑駁的咖啡廳也會開始整理門面，年輕人個個摩拳擦掌，一心期待別墅千金們的到來。海灘上開始搭建各種度假茅屋、遊樂區、更衣室，掛上橫招牌，到處都可以聽到蓮蓬頭的水聲。

咻——砰！咻——砰！

慶祝海灘開放的煙火劃過湛湛藍天，留下一塊一塊的煙霧，如夢似幻地在海面上流淌。

——好一座光輝燦爛的海灘啊。

這座海灘正式拉起了絢麗的序幕，開啟通往另一個世界的大門。

跟蔚藍的大海比起來，海灘就像是一片毒菇園，到處都是鮮豔的遮陽傘和帳篷。精力充沛的美女團則是穿梭於毒菇間的妖精，她們穿著花枝招展的泳衣，急於展現隱藏了一年的寶貴軀體，在炎熱的沙灘上狂歡熱舞。

——好一群自由自在的人們啊。

對那些年輕的時光而言，這座海灘有著無限的吸引力。

二

白藤鷺太郎罹患肺癆後，便住進了S療養院的四十八號病房。S療養院位於K鎮邊緣，離熱氣沖天的Y海灘約一點六公里，因位於懸崖的凹口，又離鬧區有段距離，這裡一整年都有如遺世獨立般安靜。

不過，夏風仍舊吹進了這座療養院。在煙火聲的吸引下，白藤鷺太郎來到二樓的娛樂室，透過松枝凝望著海面。

砰的一聲——鷺太郎這才發現，原來這裡也看得到煙火。

「今天應該是海灘開放的日子吧……」

鷺太郎的肺癆發現得早，在經過充分的治療後，現在已經康復到隨時可以出院的程度。但他不想錯過K鎮的夏天，也沒有這麼急著回東京，再加上這間療養院的老闆兼院長是他同學的爸爸，他可以很放心地住在這裡。因此，他決定把這裡當作一間有醫生照顧的公寓，在院中度過這個夏天。

「出去走走好了。」

鷺太郎的身體已經恢復健康，院長早已同意讓他自由出門散步。於是，他戴上一頂寬緣草帽，穿上浴衣和木屐便出發了。

鷺太郎走出療養院大門，沿著樹蔭較多的樹籬小道，慢步往海灘走去。

走完樹籬小道，他來到一座不到兩公尺長、還大費周章刻上橋名的石橋。渡橋後右轉，下方就是一整片的Y海灘。

鷺太郎站在高地上，目瞪口呆地看著這片與之前截然不同的海灘。

在湛湛藍天之下，海灘五顏六色、光彩奪目，既像百花齊放的花田，又像塗著油漆、翻倒在地的玩具箱，美得有如一場青春夢境，讓人捨不得移開視線。短短幾天時間，這裡的變化令人瞠目結舌，要比喻的話，就像從偏僻的東北鄉村變成了繁華的銀座街道。

曾經寂寥無人的海灘，如今就連雜草也沉醉於周遭的歡樂氣氛，快樂地隨風搖擺。

這也難怪，因為今天可是海灘開放的大喜之日！從這天開始，小鎮將沉浸在一片生機盎然之中。

放完煙火的船隻在波光粼粼的海面上飄盪，而那些對夏天貪得無厭的游泳高手，早已迫不及待地游到船隻旁邊，那載浮載沉的模樣，看起來就像灑在新榻榻米上的芝麻粒。

鷺太郎一路撥開雜草，抄小路走到海灘。

在炎炎烈日的照耀下，沙灘已燙到無法光腳行走，空氣也火辣辣的，眼前盡是狂歡舞動的年輕男女。鷺太郎遠離塵囂已久，不小心就陶醉在這強烈的氛圍之中，甚至感到有些頭暈目眩。

海灘上的女孩們久違地從拘謹的和服中解放出來，鷺太郎目不轉睛地盯著她們，不禁感到非常新奇，原來女孩的身體並不纖弱，也可以如此奔放。

多麼美妙的肉體啊。這些女孩的皮膚健康水嫩，不是有如白色絲綢般的奶油色，就是已經曬成小麥色。她們的身體柔軟優美，看上去有如跳躍的羚羊一般，合身的泳衣包不住那曼妙迷人的曲線。

一群美少女有說有笑，舉著手臂揮啊揮的，跑過呆站著的鷺太郎面前。一股味道撲鼻而來，那不是海邊的氣味，而是一種少女特有的幽幽甜香。

鷺太郎愣愣地站著，陶醉在這股躍動的氛圍中。但他愈發感到不自在，因為在這個裸露的國度中，只有他一個人戴著草帽、穿著浴衣，那令他有種無地自容的感覺。於是，他縮著脖子走過一大片遮陽傘，來到海灘後方一間名叫「番紅花」的小店。

他點了一杯碳酸繚繞的汽水，找了張躺椅，咬著吸管端看這座絢麗的海灘。

在這種情況下，年輕人看的東西基本上都一樣。

鷺太郎也不例外，不知不覺間，他被一個美麗的女孩吸引了注意力。

他並不認識那個女孩，她美得驚為天人，即便身處百花齊放的環境中，鷺太郎還是一眼就看見了她。

她與另外兩個女孩待在一起，三人搭了一個深紅和亮黃相間的條紋帳篷。

那三個女孩是一對姊妹與姊姊的朋友，而鷺太郎看上的正是姊姊瑠美子。

他的目光已經完全離不開瑠美子。該怎麼形容她才好呢，深紅色的泳衣緊貼在她白皙柔嫩的肌膚上，勾畫出柔和而勻稱的曲線。那線條從高挺的酥胸繞到腰部，再延伸到修長的雙腿，有如藝術泰斗筆下的作品一般精湛絕倫。

捲翹的短髮輕輕覆在白皙的額頭上，有如海草一般美麗而充滿生氣。

她的臉上掛著無憂無慮的開朗笑容，雙唇鮮豔而濕潤，每當她一笑，就會露出整齊的皓齒，在夏天的陽光下閃閃發光。

「要不要去游泳？」

「好啊！」

說完，三個摩登女孩拍掉身上的沙子，爽朗地搭著彼此的肩，一起跑向大海。只見瑠美子晃動著短髮，像隻小香魚一般跳進盈滿的海水中，濺起了一片水花。

鷺太郎莫名其妙地嘆了口氣，隨意看向附近。

「咦？」

看到山鹿十介時，他下意識地鬆開了口中的吸管。

山鹿人在海灘的另一頭，離女孩們的帳篷約四十公尺處。他穿著海灘褲、戴著太陽眼鏡，一臉瞧不起人的歪嘴表情。

鷺太郎曾經吃過山鹿的虧。山鹿長得一表人才，在社會上混得風生水起，三十幾歲就過著奢華的生活。當時才初出社會的鷺太郎被他光鮮亮麗的外表所矇騙，在山鹿花言巧語的誘惑下，用父親留下的一半遺產買了塊別墅建地，最後才發現是一場騙局。鷺太郎的叔叔得知後大發雷霆，之後便一直控管他的財產，導致他現在還無法掌控自己的經濟大權。

鷺太郎固然不甘心，卻拿技高一籌的山鹿毫無辦法，就連法律也不能制裁他。只能說社會給鷺太郎上了一課，而他也為此付出了昂貴的代價。

「還好山鹿還沒有發現我，趕快離開這裡好了，還是要過去酸他一下呢？」

鷺太郎猶豫一陣後，還是打了退堂鼓。他深知自己不是山鹿的對手，而且叔叔曾叮囑他不可再跟這個人打交道。

然而，正當他準備起身離開時，瑠美子和另外兩個女孩上岸了。她們依舊蹦蹦跳跳、有說有笑，泳衣濕掉後變得更貼身，將女孩的火辣身材顯露無遺，羞得鷺太郎趕緊撇開視線。

「好冷喔……」

「對啊，水很冰呢。」

「瑠美，妳的嘴唇都發白了！」

「是喔，難怪我覺得好冷喔。」

「趕快去曬太陽。」

「好。」

瑠美子縮著脖子走到帳篷的後方，直接趴倒在熱熱的沙子上，悠然自得地閉起眼睛。

這個有如白蠟的美麗女孩就這樣趴在沙地上休息，身上只穿了一件泳衣，裸露在外的豐滿小腿還是濕的，在太陽的照耀下豔光四射。海水不斷從她的捲髮上滴落，在熱騰騰的白沙上留下黑點又消失無蹤。

鷺太郎壓低帽簷，漫步走到她身邊偷看。

只見女孩趴在沙子上，不時揮舞著雙手，將沙子抓得亂七八糟的。若說是在玩沙，這玩得也太沒技巧了。她不斷用美麗的指甲將沙子扒向自己，即便被沙子噴到臉也沒有停手。

如果當時鷺太郎知道她這個動作是什麼意思，噢不，如果當時在場的所有人知道這個動作是什麼意思，肯定會非常吃驚。

這個美麗的女孩非常引人注目。鷺太郎知道很多人都在注意她，像是一旁那四、五個學生、帶著兩個小孩的一家人，還有三個值班的青年團救生員坐在岸上的釣船上，時不時就偷偷地互使眼色。

那群學生本來在瑠美子的附近比賽跳遠，學生走掉後，就剩下她一個人，像個流浪漢一般獨自躺在空地上。

她像剛才那樣玩了兩、三次沙子後，不知道是不是累了，沒有撥掉臉上的沙子便沉沉睡去。那一動也不動的趴姿活像個「魚乾」，但就算是魚乾，也是非常晶瑩秀美的魚乾。

鷺太郎走過瑠美子身邊時，她妹妹正好從帳篷中出來，像隻蚱蜢一般跳到她的身邊。

「姊，還會冷嗎？有沒有比較暖和了？」

「…………」

她沒有回答。

「剛上岸就曬太陽對身體不好喔！」

「…………」

她還是沒有回答。

「姊，妳倒是說話啊……」

正當妹妹打算把她抱起來時——

「啊！」妹妹嚇得驚叫出聲，急忙叫帳篷裡的朋友出來，「小芳！小芳！快出來！我姊的樣子很不對勁！」

聽到那驚慌失措的叫喊聲，鷺太郎下意識地往女孩的方向看去。

「這……」

只見前一刻還紅光滿面、開朗活潑的美麗女孩，此時的臉色竟像白沙一般隱隱發白。她半睜著眼睛，眼白閃爍著令人駭然的暗光，臉頰也沒了血色。

「這是怎麼回事……」

鷺太郎嚇得愣在原地，還來不及反應，那個名叫小芳的女孩和附近的學生就全圍了上來。

「發生什麼事了？」

「天啊，她沒有脈搏，已經死了！」

一個學生握住瑠美子的手，歇斯底里地喊道。

「什麼？」

妹妹和小芳大驚失色。

「怎麼了？發生什麼事了？」

好事的遊客像螞蟻似的湧了過來，鷺太郎也混在人群之中。

山鹿十介第一時間就衝了過來，與那個摸脈搏的學生合力將瑠美子抱起，動作看上去相當熟練。

「喂！你們看這個！」

看到眼前的景象，就連山鹿十介都忍不住驚叫出聲。

「天啊……」

圍成一圈的遊客也全嚇得倒退一步。

不知道什麼時候，女孩的左胸下方竟刺進了一把匕首，上面滿是鮮血。

山鹿抱起她後，鮮血開始從傷口大量湧出，涔涔滴落在地，看上去彷彿是深紅色的泳衣被海水溶化了似的。

盛夏的陽光璀璨而眩目，在豔陽的照耀下，瑠美子慘白的手腳與染血的深紅色泳衣形成了強烈的對比，不斷衝擊鷺太郎的視網膜。

因畫面太過刺激，鷺太郎步履蹣跚地離開人群，往大海的方向看去。

「這不是白藤先生嗎？」

「咦？」

鷺太郎轉過頭，只見山鹿隔著墨鏡，嬉皮笑臉地看著他。

「嗨。」

事已至此，鷺太郎也只能摸著帽簷向他打招呼。

「好久不見了呢，聽說你身體不太好。」

「已經康復了。」

「是嗎？那就好。」

山鹿若無其事地與他聊天，一副跟他很熟的樣子。

「真是嚇死我了，在這種人山人海的海灘開放日，而且還是光天化日之下，竟然會發生殺人案……」

「她是被人殺害的嗎？」

「應該是吧。像那種年輕女孩，怎麼可能會在這麼醒目的地方用匕首自殺，要死也是用更浪漫的方式吧。」

「是嗎？可是我剛才一直看著她，沒有任何人靠近她啊……」

「喔，你剛才一直看著她啊？」

山鹿歪著嘴訕笑道，他總是這樣歪著嘴笑。

「沒有啦……」鷺太郎面紅耳赤，在心中咒罵山鹿是個混蛋，「說真的，她趴下時手上沒有拿任何東西，是不是沙子裡本來就插了一把匕首呢？」

「不可能吧，海灘上到處都是人，怎麼可能一把匕首插在那裡沒人發現。哈哈哈哈，而且她趴下的位置還要能剛好插到心臟，這實在太過牽強了。」

「說的也是，而且剛才那群學生還在這附近玩跳遠，在沙灘上滾來滾去也沒事，真令人費解……」

「是啊，令人費解，這一點我們所見略同。如果真如你所見，那個女孩就是在手上沒拿匕首、趴下後也沒有人靠近她的情況下，莫名其妙被匕首殺害……」

「喂，別說的好像只有我在看似的，那女生長得那麼漂亮，說不定早就有人盯著她看了。」

「是啦，老實說，我也一直在對她行注目禮喔，哈哈哈……」

山鹿露出黃黃的牙齦哈哈大笑，一副目中無人的態度。

「我在前面有一棟小別墅，之後等你大駕光臨。」

鷺太郎嘴上說著「下次一定……」，心裡譏諷道：「反正你那棟別墅……肯定是用不義之財蓋出來的吧。」

就在這時，鷺太郎突然靈光一閃。

「山鹿先生，會不會是有人躲在暗處，對那個女孩射出匕首啊？」

「嗯……」山鹿歪頭思考了一下，「怎麼可能，那個女孩是趴著的，你倒是說說要怎麼將匕首射進沙子裡，然後轉彎插進她的心臟？話說，那時離她最近的路人不就是你嗎？你這身浴衣打扮在這座海灘上還挺顯眼的呢。」

「你、你別胡說，我怎麼可能會去殺害一個素未謀面的女生。」山鹿的無禮深深惹怒了鷺太郎，他悻悻然地說：「失陪了！」

正當鷺太郎準備離開時，一個披著救生衣的青年團員突然衝過來制止他說：「不好意思，這附近的人暫時還不能離開。」

鷺太郎「嘖！」了一聲，然後瞄向山鹿。只見山鹿故意看向別的地方，臉上盡是藏不住的笑意。鷺太郎心想：「算了，反正我有不在場證明，番紅花的人可以幫我作證。」

他無奈地看向大海，就在這時，天空放起了煙火。

砰！砰！砰！咻——砰！

隨著爆炸聲響起，煙霧中逐漸浮現出一個氣球娃娃，兩眼無神地隨風飄蕩，海灘上的孩子們見狀，「哇」的一聲蜂擁而上，跟氣球玩著你追我跑的遊戲。

海灘依舊在大肆慶祝這場年度盛事，熙熙攘攘的人群有如色彩繽紛的萬花筒一般，彷彿沒注意到這宗詭異的殺人案似的。

在海灘開放這個大喜之日，沙灘上發生了極其詭異的殺人案，遇害的是一個美麗的女孩，而且凶手作案的方式非常玄妙。

——這個案件不斷在鷺太郎的心頭盤旋。

因鷺太郎是該案的目擊者，回到療養院後，許多病患和護士都按捺不住好奇心來向他詢問詳情，同樣的事情他對不同人說了好幾次。

然而，即便說了多次，他還是搞不清楚這一切到底是怎麼發生的，只是再次驗證了這是一樁絕無僅有的奇案。

鷺太郎從隔天的新聞報導得知，瑠美子是一名名叫大井的東京企業家的大女兒。她趴在沙灘上時，鷺太郎曾看到她用雙手亂抓沙子，現在回想起來，那不尋常的動作或許不是在玩沙，而是死前的痛苦掙扎。

想到這裡，當時的情景便歷歷在目，令鷺太郎毛骨悚然。

對鷺太郎這個「陌生人」而言，實在很難想像為什麼凶手要殺害如此開朗又漂亮的女生。一想到凶手在大庭廣眾之下輕易奪走了一條美麗的靈魂，鷺太郎就感到一種近乎嫉妒的憤慨。

三

海灘開放日約十天後，因學生開始放暑假，鄰近東京的K鎮迎來了遊客的高峰期。

夏日的黃昏總是來得又悄又慢，每到夕陽時分，海面湧上的水蒸氣就會變成乳白色的煙霧，將岸上店家的七彩燈火化作一片朦朧。這股年輕又充滿活力的南國熱情，乘著涼爽的海風來到鷺太郎的身邊，深深觸動了他的內心。

此時晚霞已然褪色，I海峽也融入清澄的夜空之中，天空掛上了點點星光，看上去有如店家燈火的倒影一般。

鷺太郎並不討厭這裡白天的五顏六色，只是因為醫生還不准他游泳，而白天的海灘儼然就是個裸露的國度，穿著浴衣很難為情，所以他比較喜歡在黃昏時分來這裡散步。

S療養院的周遭是一片森林。

這天，鷺太郎在夜蟬的鳴叫聲中穿過泛白的夜路。這條路能通往隔壁的G

鎮，他走著走著，又不禁想起那個死去的美麗女孩。大概是因為受到太大的刺激，這幾天他老是想起那個案件，但單單只是那美麗又殘酷的畫面，他依舊想不透箇中原由，就如同報導中所寫的，在那之後案情一直沒有進展。

每當想起這個案件，他就會連帶想起當時也在場的山鹿十介。這時他突然心生一念：「對了，去看看那傢伙的別墅好了。」想著想著，便在前方的十字路口左轉。

雖然鷺太郎曾經吃過山鹿的大虧，叔叔田母澤源助也嚴禁他與山鹿有任何瓜葛，但這反而引發了他對山鹿的好奇心，畢竟山鹿是他在案發現場唯一認識的人。「只是去看看他家而已，應該沒關係吧。」他在心中說服自己，快步走在夜色之中。

這條鬱鬱蔥蔥的樹籬小路暗得有如一條沒有封起來的隧道。夜空中，萬點星光異常閃爍，那奇妙的景象，就像是有人用一張千瘡百孔的舊鐵皮擋住了太陽似的。

在星光的照耀下，鷺太郎看見許多別墅前都放了曬衣架，上面晾著五顏六色的時髦泳衣。這些泳衣有的被壓得扁扁的，有的倒放，有的橫放，有的雙腳撐得開開的。此時四周寂靜無聲，與白天的喧鬧形成強烈的對比，讓人感到異常鬱悶。

鷺太郎走到樹籬的盡頭，經過一家還亮著燈的釣具行，過橋來到一小片昏暗的松樹林高地，山鹿的別墅就在那裡。

他一眼就認出哪一棟是山鹿的別墅。

鷺太郎透過稀稀疏疏的樹籬往裡面窺探，那是一棟二層樓高的西洋風建築，看到那時尚有品味的設計，他不禁「嘖」了一聲。整棟別墅只有二樓亮著一盞燈，裡頭安靜無聲，想必山鹿應該是去了海邊的不夜城Y海灘。

正當鷺太郎打算打道回府時——

有人從別墅裡輕輕拉開了門，屋裡並沒有開燈。鷺太郎下意識地躲到樹籬後方，只見一對男女從裡面走了出來，男人穿著白襯衫、白短褲，女人留著短髮，穿著一身白底褲裝，衣服上還畫著火辣辣的紅線。當時四周相當昏暗，但因為兩人穿著顯眼的白色，所以鷺太郎還是從身形輪廓認出了該男是山鹿，至於女的他不知道是誰，畢竟他有很長一段時間沒有跟山鹿打交道了。

兩人似乎沒有發現鷺太郎，就這麼並肩離開了別墅。鷺太郎原本以為他們是要去Y海灘散步，但他猜錯了，他們是往Z海灘的方向。照理來說，這個時候Z海灘已經沒什麼人了。

鷺太郎猶豫了一下，還是決定跟了上去，一方面是因為Z海灘剛好跟療養院同一個方向，一方面是因為他很閒。

山鹿和那個摩登女孩沿著漆黑夜路往人煙稀少的Z海灘前進，一路上兩人都沒有回頭，偶爾會靠得很近，似乎聊得很開心。雖然鷺太郎離他們很遠，但兩人都穿著顯眼的白衣，所以看得相當清楚。這條路昏暗又冷清，很難想像在這個夏日天國K鎮中，竟也有如此沒有生命力的寂寥小路。噢不，或許是因為Y海灘太熱鬧了，才顯得這裡特別枯寂。

鷺太郎壓低身體，用樹籬做掩護一路跟著他們。不知不覺間，他們離開了住宅區，來到了一座懸崖的上方。懸崖的旁邊是西行寺的後山，他們先經過一小段不到兩公尺寬的窄道，再進到約四公尺寬的草叢小路，這是條從懸崖中間闢出的小路，緊鄰著懸崖，懸崖下就是大海。

冷風從海上直吹而來，沒想到炎夏的夜晚竟能如此寒冷。

從錯綜複雜的海岸看去，左邊的遠方燈火通明，彷彿一顆又一顆的水晶薏仁，那裡正是和銀座一樣熱鬧的Y海灘。相比之下，此處空無一人又沒有半盞燈火，彷彿連大海也悄悄地睡著了，波浪正發出有如黑緞的暗光，幽幽洗滌著海面，一前一後，規律得像是地球在睡夢中的鼻息。

就在這時，山鹿停下了腳步，前傾著身子似乎在找往下走的小路。之後穿著白色衣服的兩人，就這樣消失在下方漆黑的草叢中。

「唉呀，這是要往哪裡走呢？」鷺太郎思考了一陣，覺得他們應該是打算下去海灘，沿著海邊回去別墅。

然而奇怪的是，兩人下去草叢後，一直沒有出現在海灘上，就這樣從鷺太郎的視野中消失了。

雖然天空沒有月亮，但滿天繁星發出幽幽亮光，兩人又穿著顯眼的白衣，照理來說應該看得到身影才對。然而海灘上卻空無一人，這對情侶就這樣消失在草叢之中。

他們要去哪裡做什麼並不關鷺太郎的事，但就在這時，他的單邊臉頰突然顫了一下，就像每個人都會感覺到的那樣，一股不安的感覺頓時湧上他的心頭，又或是說……一種不祥的預感。

最後鷺太郎還是忍不住過去一探究竟，他大大地伸了個懶腰，小心翼翼地往小路走去。

鷺太郎在黯淡的光線中好不容易找到那條小路，看上去是小型懸崖坍方後、草叢一分為二所形成的通道。粗糙的道路兩邊長滿了不知名的及腰雜草，不斷與黑夜裡的海風暗暗低語。

小路的半路有一個快要坍方的地方，鷺太郎停下腳步，豎起耳朵聆聽周遭動靜。然而這裡就像世界末日一般安靜，除了樹葉窸窣作響，沒有任何聲音。

「那兩人究竟到哪去了……」

他知道自己這是多管閒事，但就是壓抑不住心中的不安。然而，他的擔心最終還是成真了。

鷺太郎來到位於小路下方的草叢，到處尋找兩人的身影。就在這時，他在約三公尺遠的雜草堆中，看到一個若隱若現的白色物體。

他一邊安撫著狂跳的心臟，一邊撥開滿是夜露的雜草，往白色物體走去。

「天啊……」

鷺太郎停下腳步。

他的不祥預感真的發生了。

他剛才一路跟隨的年輕女孩，如今竟被棄置在地，不僅如此，左胸下方還插了一把匕首……鮮血不斷從刀尾湧出，在白底的衣服上開出了一朵牡丹花。

女孩躺在叢生的雜草之中，幾隻螢火蟲停在夏草的的陰暗處，閃爍著蒼白的朦朧光芒。每當那幽幽的光芒亮起，女孩就會像畫中畫一般隱隱浮現。

那是個十、七八歲的少女，在螢光的照耀下，女孩因為斷氣而蒼白的美麗容顏更顯白皙，水嫩的額頭上泛著有如汗水的油光，短短的瀏海緊貼在上。對照之下，每當螢火幽光亮起，她剛塗好的深紅色口紅和鮮血就有如火焰一般刺眼。

如果是在白天，這副屍體肯定是慘不忍睹。然而，在幽幽螢光之下，卻是如此的如夢似幻，呈現出一種脫離現實的錯亂美感。

那個沒了靈魂的女孩，就這樣靜靜躺在點點螢光的夏草之下。鷺太郎被眼前不屬於這個世界的美麗給深深吸引，幾乎忘了害怕。

四

半晌，鷺太郎回過神來，這才想起自己應該要去報警。

他三步併作兩步跑上懸崖，沿著原路往派出所狂奔。

這時，一個男人大搖大擺地從前方走來，在兩人擦身而過時叫住了鷺太郎。

「……白藤先生？」

鷺太郎驟然停下腳步。

「果真是你，你怎麼了？怎麼急成這樣？」

「咦？」

看清男人的臉後，鷺太郎差點驚叫出聲。

因為，來人竟是山鹿十介。

他穿著浴衣與木屐，手上還拿著一根釣竿。

「發生什麼事了？」

眼前的山鹿看上去極為淡定，搞得鷺太郎一時間不知道怎麼回答。

如果是剛才那個山鹿在這裡遇到鷺太郎，應該會大驚失色才對。

話說回來，那個穿著白色衣服的山鹿十介去哪了？

那個人是從山鹿的別墅走出來的沒錯。但仔細想想，鷺太郎只有看到他的背影和輪廓，要說是別人也不是不可能。

問題是，那個男人怎麼會就這樣消失了？

那人八成就是殺了女孩的凶手，看來他是在黑暗中把對方誤認成山鹿了。

「你要去哪裡？」

「我要去夜釣。怎麼了？你見鬼啦？」

山鹿一如往常露出訕笑。

「鬼？才不是！有人被殺了！」

「咦？又有人被殺了？」

山鹿馬上聯想到海灘開放那天的凶殺案。

「對，而且一樣是漂亮的女生。」

「天啊，在哪邊？」

「就在前面的草叢裡。」

說到這裡，鷺太郎再度想起那個在螢光間若隱若現的絕世美景。

「快去報警！」

山鹿拿著釣竿一個轉身，與鷺太郎一起往回走。

兩人一路上都沒有說話。

新仇舊恨，鷺太郎本就打算這輩子都不再跟山鹿說話，再加上這次和上次的殺人案，他更不想開口了。兩人就這樣刻意保持沉默，不發一語地走到派出所。

警方告訴他們，兩個兇案使用的是同一款匕首，這種匕首全國的刀具店都有賣。

因女孩的死狀非常平靜，無法判斷是自殺還是他殺，是鷺太郎作證他看到女孩跟男人走在一起，再加上匕首上沒有指紋（如果是自殺，上面應該會留下女孩的指紋），警方才斷定這是一場凶殺案。

不過，那個「白衣男子」究竟去哪了？

這晚雖然沒有月亮，但在滿天星斗的照耀下，男人穿著白衣，鷺太郎又目不轉睛地盯著他們瞧，不可能沒有注意到他。但無論怎麼說，沒看到就是沒看到。

男人就這樣憑空消失了，讓人不禁懷疑，他是不是在殺了女孩後和屍體融為一體了。

警察對這一點也是感到匪夷所思，只能猜測：「那男人會不會一直躲在草叢暗處，趁你去報警的時候逃走了呢？」

鷺太郎對這個說法並不全然買單，但就整體狀況而言，也只有這個可能性了。他之所以無法釋懷，是因為那男人的背影跟山鹿十介如出一徹，而且兩人是從山鹿的別墅中走出來的。

鷺太郎對警察說，自己在散步途中遇到這對男女，兩人不知道是從哪裡出現的，注意到時已經走在自己前面，而且一路邊走邊聊。

他已經記不清自己當時為什麼要這麼說了，但唯一可以確定的是，他這麼做並不是為了包庇山鹿，而是為了在關鍵時刻反咬山鹿一口，才下意識地不願多說。

做完筆錄後，兩人提著山鹿帶來的煤油提燈，一起踏上歸途。

山鹿似乎非常在意鷺太郎的說詞，一路上不斷問東問西。

「話說那兩個人到底是從哪裡走出來的啊……」

「那個男的長什麼樣子呢？」

鷺太郎有些不耐煩地回道：「我也不知道他們是從哪裡走出來的……只能確定前面有兩個人。」他一方面覺得山鹿果然很可疑，一方面又感到一股高高在上的優越感，他在心裡歡呼：「你等著吧，總有一天要你好看！」

因鷺太郎對山鹿愛理不理的，之後山鹿也不再說話。提燈的火光有如風中殘燭一般微弱，兩人在搖曳燈影的照耀下，一語不發地走在路上。

忽然間——

「啊！」

山鹿發出與他格格不入的驚叫聲，猛地將提燈摔在地上。

周遭瞬間陷入一片黑暗，只聽得見提燈在地上滾動的聲音。

鷺太郎反射性地貼在樹籬上，屏氣凝神地觀察四周，然而並沒有任何動靜。

「怎麼了？」他對著山鹿大吼。

「蛾……有蛾！」

山鹿的聲音顫抖而沙啞，很難想像那是在這炎炎夏夜發出的聲音。

「蛾？」鷺太郎簡直不敢置信，「什麼嘛，一隻蛾就把你嚇成這樣。」
說完，他收起袖兜，點燃一根火柴，撿起提燈重新點火。
在微弱火光的照耀下，鷺太郎看到山鹿臉歪嘴斜，一臉泫然欲泣的樣子，完全不見平時的高傲與譏諷。他用浴衣瘋狂擦拭右手，那模樣像是要把皮擦破似的，大概是剛才有蛾被火光吸引過來，飛到了他的手上。
鷺太郎靜靜地看著歇斯底里的山鹿。過了一會，他終於冷靜下來，但還是一臉嫌惡地用右手遮住提燈。
山鹿有些難為情，用乾枯的聲音低聲辯解道：「白藤先生……這個世界上我最怕蛾跟蝴蝶了。每個人都有特別害怕的東西不是嗎？就像有些人怕蛇，有些人怕蜘蛛，有些人怕毛毛蟲，而蛾和蝴蝶就是我的死穴。」
「你說的沒錯，像我最怕那種不覺得自己壞的壞人了。」
山鹿沒聽出鷺太郎是在諷刺他，還一副找到知音的模樣。
「對啊，每個人都有打從心底害怕的東西，我真的很怕蛾和蝴蝶這類生物。

蛇跟蜘蛛在我眼中就是可愛的小動物，但蛾我真的不行，光用想的都覺得毛骨悚然，就像得了瘧疾一樣全身不停發抖。你知道我為了克服這份恐懼吃了多少苦嗎？為此我甚至特地買了蝴蝶玩具，但還是沒辦法接受。那個蝴蝶玩具有一對鮮豔得像是有毒的條紋翅膀，一看到它拍動那對斗大的翅膀我就受不了，覺得鱗粉快要灑到我的手上了。對我而言，鱗粉比毒藥還恐怖，我的體質不能碰到鱗粉，小時候有一次不小心沾到鱗粉，手上竟然起了一大片水泡，簡直痛不欲生，這也是我如此害怕蛾跟蝴蝶的原因……」

「哇，竟然有這種事。蛾我還可以理解，但我覺得蝴蝶很漂亮，還滿可愛的，有時候抓起蝴蝶，牠們身上的鮮豔條紋還會映照在手上呢。」

「我完全不能接受。牠們的身體長滿了猛獸般的毛，我都不知道該怎麼形容才好了……還有那捲捲的嘴巴，根本不屬於這個世界，那是魔鬼的口器，能捲起一切因果報應的凶厲之口。」

這天他們走了很多路，此時的鷺太郎已是滿頭大汗，然而在這樣的炎炎夏夜，山鹿竟縮起了脖子不斷發抖。

正好這時兩人來到分別的岔路，山鹿戰戰兢兢地從鷺太郎手上接過提燈，抓著提燈一角，連「再見」都沒說，就快步消失在黑暗之中。鷺太郎這才注意到山鹿手上沒有釣竿，看來是剛才嚇得連釣竿都掉了。

五

鷺太郎從便門回到療養院。經過醫務室前時，他發現裡面的燈還亮著，而且還有講話的聲音。

都已經這麼晚了，正當他在猜想發生什麼事了時，有人從身後叫住了他。

「白藤！」

回頭一看，只見澤村院長的兒子——他的同學澤村春生笑著站在那裡。

「呦，好久不見，什麼事啊？」

「還什麼事咧，一個病人竟然三更半夜還在外面閒晃，真傷腦筋。」

「哈哈哈，我已經不是病人了，是因為這裡住起來很舒服，才自願留下來的。」

「這可不行，剛康復就到處亂跑，小心病情反撲喔，夜遊可是肺病的大忌呢。」

「少胡說，像你這樣亂說話才是大忌吧。」

「哈哈哈，進來吧。我現在在休假，就順道過來看看你，東京簡直要熱昏了。」

鷺太郎走進醫務室，發現副院長畔柳博士也在裡面。博士滿臉笑容，似乎聽見了他倆在外面說的話。

「博士好，今天怎麼忙到這麼晚？」

「因為三十三號房的病人咯血了，醫院緊急把我叫來處理。一來就聽春生公子說他在等你。」

「喔，病人狀況還好嗎？」

「嗯，已經控制住了，你也不要太玩得太兇，要好好照顧自己喔。」

「我不是出去玩。唉，我又遇到重大案件了，這次是Ｚ海灘的凶殺案，真是夠了。」

「咦？又發生凶殺案了嗎？」畔柳博士想起海灘開放日那天的案子。

「是啊，同樣的凶器，同樣是漂亮少女遇害。而我又剛好經過現場，去幫警方做筆錄才會這麼晚回來。

不過，我今天算是見識到了，原來屍體可以美得讓人驚豔。那女孩像被人折斷一般躺在地上，胸前插著一把匕首，但因為現場光線不足，看起來竟然一點都不可怕。當螢火蟲的蒼白微光照亮她的姣好的側臉時，美得就像幅畫一樣。」

「喔，你這是走火入魔了吧，有你女朋友漂亮嗎？」

「怎麼可能啦，哈哈哈……」

「那你知道凶手是誰嗎？」

「不知道，警方也摸不著頭緒。不過，就連我這個門外漢都知道這兩個案子是同一個凶手，就像我剛才說的，凶器一樣，作案方式也如出一徹，而且都是刺進乳房下方的位置，一刀直搗心臟。」

「你可以把細節從頭跟我說一遍嗎？」

春生拉了一把椅子坐到我的面前。

鷺太郎這才想起，春生很喜歡看懸疑小說。

「好，先說第一起案件，你應該在報紙上看過相關報導吧？七月十日海灘開放那天，Y海灘湧進了很多妖魔鬼怪，大井企業家的大女兒，我記得好像叫瑠美子吧，因為剛上岸很冷，所以趴在沙灘上曬太陽，後來被人發現她胸口插著一把匕首。最妙的是，案發當時根本沒有人靠近她。因為她長得非常漂亮、很引人注目，所以這一點是可以確定的。而且她也沒有理由自殺，也就是說，她是被人殺害的，但沒有人知道凶手為何痛下毒手。

至於為什麼會被發現，是因為她妹妹去叫她時發現她不太對勁，才高聲求救。當時附近的學生馬上衝過去，發現她沒有脈搏，之後遊客也圍了上來，學生在眾人面前將她抱起來，才發現她的胸前刺了一把匕首。」

「那個學生沒有問題嗎？」

「警方對那名學生和受害人的妹妹進行了縝密的問話，但完全問不出所以然來。而且同行的朋友也都表示沒有看過那把凶器。」

「嗯……也就是說，學生到場時女孩已經死了，而且學生沒有嫌疑，是嗎？」

「是的。」

「嗯……那你怎麼看？」

「我不知道，不過我在那裡遇到了一個意想不到的人——山鹿十介。」

「山鹿？喔，之前把你騙得很慘的那個？」

「對，就是那個混蛋。」

「他就在旁邊嗎？」

「沒有，大約離四十公尺遠。」

「那就不可能是他了。」

「是啊，但我覺得他很有可能作案，雖然這可能出自於我對他的偏見。但案發當時，山鹿第一時間就衝過來把女孩抱起來，問她還好嗎，『感覺』就很可疑。」

「可是，在山鹿抱起她之前，學生就說她已經沒有脈搏了對吧？」

「對。」

「這也太荒謬了，『感覺』是沒辦法當成證據的。」

「是沒錯啦，你應該也覺得一頭霧水吧。」

「那是因為我人不在現場。」

「哼，說得好像你在現場就能破案一樣。」

畔柳博士一邊指示護士長怎麼照顧病人，一邊豎起耳朵聽兩人說話。他喝了一口茶說：「嗯……我倒覺得鷺太郎說的沒錯，那個叫山鹿的確實很可疑。」

「可是在山鹿過來之前，那個女的就已經死了不是嗎？」

春生不服氣地看向博士。

「是啊，在山鹿過去之前女孩就已經死了。但你們沒想過嗎？女孩說不定是被毒殺的。我在想，山鹿應該是在案發之前就用某種方式向她投毒，比方像是在口紅上塗毒，又或是趁她游泳時對她噴灑毒物，方法可多了。所以那個女生才會覺得身體不適，順理成章地在沙灘上休息。」

「都已經下毒了，為什麼還要用匕首？」春生追問道。

「有兩種可能，一是為了瞞天過海，製造不可能犯罪的錯覺；二是山鹿是個罪大惡極的狂徒，想要享受手刃他人的快感，我想恐怕這兩個原因都有。

當時他離案發現場約四十公尺，中間應該隔了很多人，但他卻是僅次於學生第二個趕到的，足以證明他一直都在注意那個女孩。再者，他從遠處過來，第一時間應該搞不清楚狀況才是，但他卻馬上抱起女孩問她還好嗎，代表他早就知道發生了什麼事。至於他是怎麼將匕首刺進女孩胸口的，這個簡單，只要在抱起她時順勢刺進去就好，之後只要配上一聲驚叫，效果就做足了。

女孩被匕首刺入時沒有叫出聲，代表她當時已經死很久了，能做到這一點的只有毒殺。」

「原來是這麼回事……」聽到博士精準的分析，鷺太郎和春生雙雙露出恍然大悟的表情。

「那是因為你是醫生，才能看破毒殺這一招。」春生不認輸地呢喃道，但博士的推論太過完美，他完全無從反駁。

「想要知道怎麼投毒、用什麼毒，問凶手是最快的。」博士淡定地笑了。

在博士證實鷺太郎的「直覺」沒有錯後，他對博士簡直佩服得五體投地，眼中盡是崇拜，甚至覺得博士那厚厚的金框眼鏡比平常更為閃亮。

「我去打電話給派出所。」鷺太郎說完便準備起身，然而，春生卻阻止了他。

「等一下，你先把第二個案子說完，這兩個案子的凶手是同一個人對吧？如果今晚的案子跟山鹿無關，或許就不是他幹的，你先別輕舉妄動。」

「不，今晚的凶手肯定是他，我親眼看到是他。」

「你沒跟警察說嗎？」

「沒有……我不是刻意隱瞞，是因為事有蹊蹺。」

「什麼蹊蹺？」

「我去山鹿家時，正好撞見有兩個人從他家出來。當時天色很暗，我看不太清楚，但從背影看來，應該是山鹿和那個女孩沒錯。我在Z海灘親眼看見他們兩個走進草叢，我跟上去時發現女孩已被殺害，那個疑似山鹿的男人卻消失了。」

「山鹿應該是躲起來了吧？」

「警察也是這麼說的，但他們兩個都穿著白色的衣服，我連女孩的屍體在草叢這麼隱秘的地方都看到了，如果那個男人真躲在附近，我應該會發現才對。而且，我沿著原路回去報警時，看到山鹿一臉從容地從反方向走來。」

「怎麼會這樣？他穿著白衣服嗎？」

「沒有，他穿著浴衣，手上還拿著釣竿，說是要去夜釣。」

「你確定那個白衣男真的是山鹿？」

「不確定……因為當時實在太暗了，我看到的又是背影。唯一能確定的是，他是從山鹿家走出來的。」

「事情愈來愈撲朔迷離了，先不說別的，那個疑似山鹿的白衣男怎麼是怎麼憑空消失的？

假設白衣男真的是山鹿，他在作案後有足夠的時間回家換衣服再回到現場嗎？」

「沒有，中間只隔了兩、三分鐘。從案發現場到山鹿家，單程最快也要十分鐘。」

「嗯……」

春生陷入沉默，這次就連畔柳博士都失去了萬能偵探的光環，在一旁默不作聲。

一股冷風吹進了炎炎夏夜，時間已接近破曉時分。

三人彼此對視了一陣，抬起沉重的眼皮。

這時春生低聲說：「我腦筋轉不太過來了，先去睡一覺再想吧。」

其他兩人沒有回話，只是默默點了點頭。

六

翌日——

盛夏的太陽將整間療養院照得光亮炫目。窗外的蟬鳴聲響徹雲霄，鷺太郎醒來後，一直躺在床上思考昨天的事。

春生似乎也還沒解開謎團，剛才說要去游泳後，就一直沒有回來。畔柳副院長則不見人影，大概是忙著在幫病人看診吧。

鷺太郎就這樣無所事事地過了一天，畢竟在酷暑之中到處走動並非明智之舉。

第二個案子很快就在護士之間傳開了，但奇怪的是，至今仍未查出被害人的姓名。

早報是這樣寫的，就連第一時間送達、散發出濃濃油墨香的晚報，都寫著女孩身分尚未查明。

這實在太不尋常了。

女孩長得那麼漂亮，不僅報上刊出了照片，警方也大動作進行調查，怎麼會查不出來呢？

這代表這個案子非常難辨，就現有的搜查手法很難查明真相。

事情發生在這座絢麗的海濱小鎮，被害人長相標致，造型又很特殊，留著短髮，作的是洋風打扮，就外表推測應該是中上階層人士。有這麼多明顯的線索，居然連身分都查不到，實在令人百思不得其解。

就連事件告一段後，女孩的身分仍是個謎。

S療養院在太陽下山後亮起了燈。

鷺太郎這輩子從來沒有這麼焦躁過，他很清楚那個曾經詐騙自己的山鹿十介，就是殺害這兩個美少女的凶手，卻苦於沒有證據，如今只差臨門一腳了。

就在這時——

「嗨，」畔柳博士走了進來，「我發現一件有趣的事，你要過來看看嗎？」

「好啊，什麼事啊？」

「我要帶你做個實驗。」

鷺太郎這才注意到，博士今天的打扮不太尋常，他穿著白色襯衫、白色短褲，和昨晚的白衣男如出一徹。走出病房後，又看到穿著白褲子的春生。

三人一語不發地快步走向Z海灘，不一會兒，就來到昨晚的案發現場。

「鷺太郎，你在這裡看好囉，我和春生等等會走進草叢，然後憑空消失。」

「你說什麼？」

不等鷺太郎回過神來，畔柳博士就帶著春生走進逐漸變濃的夜色之中。眼前的景象和昨晚一模一樣，彷彿在幫鷺太郎複習惡夢似的。

兩人先是停下腳步，和昨天那對男女一樣轉進草叢小路，瞬間消失在黑暗中。

鷺太郎愣在原地，過了約莫一、兩分鐘後，他聽見一陣腳步聲，隨後有人從背後拍了拍他的肩膀。

「咦？畔柳博士……！？」

他轉身一看，發現畔柳博士笑嘻嘻地站在他身後，身上的衣服也從白衣換成了黑色的直條浴衣。

「鷺太郎，你有注意到我繞到你身後嗎？」

「完全沒注意到。」鷺太郎目瞪口呆。

「如何？」春上也爬上懸崖。

「完美無瑕。果真不出我所料，昨晚的白衣男就是山鹿。山鹿事前就把浴衣和釣竿藏在草叢裡，然後依計畫行兇，事後立刻將白襯衫和白短褲換成浴衣，以草叢為掩護繞到你的後方。這種黑色直條浴衣的偽裝效果非常好，在暗處是幾乎看不見的，再加上你已經先入為主地認為對方穿著白衣，根本不會注意到。晚上從高處很難看清低處，因為天空比地面亮，從低處往上看比較清楚。不是有人說『晚上迷路就低下身子找路』嗎？就是基於這個道理。山鹿換完裝準備回家時，看到當時站在高處的你，所以刻意裝作要去夜釣的樣子，從原路走回來，打算向你探口風。幸好你一副不明所以的樣子，若你看穿他的把戲，可能已經落得跟那女孩一樣的下場。」

「你別嚇我。」

雖然知道博士只是假設，但鷺太郎還是覺得很不舒服。

「你是怎麼發現真相的呢？」

「昨晚你說山鹿把釣竿掉在了路上不是嗎？我回家路上看了一下，還真被我找到了。如果再晚一步，可能就被山鹿撿回去了。後來我發現，那支釣竿上面沒有魚鉤。又不是姜太公，一個每天晚上都去夜釣的人，不太可能只帶釣竿沒帶魚鉤吧？所以才做出這樣的推論。第二次的作案手法比較簡單，只是運用黑條紋偽裝和夜晚低處的視野優勢，相較之下，海灘開放那天的手法可巧妙多了。」

「畔柳先生，經過這次我才知道，作案手法優劣與否不一定和難易度成正比，尤其是像這種真實事件。」春生一臉感慨地看向畔柳博士，「既然已經確定山鹿十介就是凶手，我們有三個人，一起去把他抓起來吧。」

畔柳博士思考了一陣說：「好。」

於是，三人意氣風發地走在夜路上。鷺太郎走在最前頭，得意洋洋地心想：

「我早就覺得山鹿十介很可疑了，他果真就是凶手！可別小看門外漢的直覺！」

三人快步來到山鹿的別墅前，然而裡面卻寂靜無聲。電燈是關著的，按了幾次門鈴也沒人應門。

「畔柳先生，山鹿會不會逃走了啊？」

鷺太郎氣得牙癢癢的，好不容易才找出凶手，居然被他給逃走了。

「應該不會。」畔柳博士自信滿滿地回道，「我們明天再來一趟。」

七

正如前一晚的星空所示，隔天是個萬里無雲的大晴天。

鷺太郎起了個大早，請護士們幫忙抓了約二十隻蝴蝶和蛾，把一個蛋糕盒裝得滿滿的。

其中有跟拇指一般粗的蛾，以及大大小小的蝴蝶。

「你抓這些蟲做什麼啊？」

春生有些詫異。

「要送給山鹿當禮物。」

鷺太郎笑著回答，一想到山鹿瑟瑟發抖的樣子，他就忍不住在心中叫好。

好不容易等到畔柳博士下班，三人再次趕往山鹿的別墅。

商量一番後，他們決定由鷺太郎按門鈴，另外兩人先躲起來觀察狀況。所幸山鹿這天在家，鷺太郎按了門鈴後，一位管家阿姨出來應門。

「您好，敝姓白藤，請問山鹿先生在家嗎？」

為了讓阿姨看到蛋糕，鷺太郎特地在她面前換了手拿。

「他在，請您稍等。」

鷺太郎立刻向兩人打暗號。

「請進……」見阿姨打開門，兩人立刻衝了過來，跟著鷺太郎一起進門。

「呦！」山鹿出來看到兩個不速之客，瞬間面露不悅，但很快就收起表情說：「請進。」然後帶三人來到約四坪大的會客室。

畔柳博士坐下後，立刻開門見山說：「山鹿先生，可以讓我看看這裡的地下室嗎？」

「咦？」山鹿臉色驟變。

鷺太郎也嚇了一跳，畔柳博士不是第一次來他家嗎？怎麼知道這裡有地下室？而且為什麼山鹿會大驚失色？

山鹿板著一張臉，搖搖晃晃地起身。

「請跟我來。」那口氣像是在自言自語似的。

山鹿扶著牆壁走在前方，從抖動的肩膀可看出他的呼吸非常急促，看來「地下室」這三個字似乎戳中了他的痛處。

這間地下室的入口位於書房的牆壁上，做工的精緻程度超乎一般人的想像。為什麼博士會知道他家有地下室呢？博士滿不在乎地解釋道：「因為我聽說他跟熟識的商家買了大量食物，需求量明顯超過家中人數。」

三人默默跟著山鹿走進入口，走下一座約十四、十五階的樓梯。這座樓梯又黑又冷，非常有地下室的風格。

樓梯的盡頭是另一道門，山鹿打開門後，三人不約而同地低聲「哇」了一聲。

裡面有如春天一般明亮溫暖，空氣中還飄著有如媚藥一般的馥郁甜香。

就這棟別墅的大小而言，這間地下室有些過於寬敞，不僅有完善的格局，裡面還有其他房間。四面牆壁都掛著邊框精緻的鏡子，天花板是一整片毛玻璃，電燈散發出柔和的亮光，地板鋪著軟綿綿的豪華地毯。

三人目瞪口呆地環視這一切，這時，山鹿猛地將門關上，轉身看向他們。

他的臉上刻著深深的皺紋，有如惡鬼一般呲牙咧嘴。

「呵呵呵……被我抓住了吧。能發現這間地下室算你們厲害，你們三隻撲火的飛蛾，既然進來了，就別想活著走出去，再也不會有人知道你們的下落……呵呵呵。」

他低聲說完，露出手上微微發亮的手槍。

三人瞬間汗毛豎立，在心中大喊不妙。

這時鷺太郎靈機一動，指著山鹿的肩膀大叫：「有蛾！」

「什麼！？」見山鹿縮起身子，鷺太郎立刻像砲彈一般飛撲上去。

「可惡！」

手槍應聲掉落在地，被畔柳博士一把撿起。

「山鹿，你投降吧！」

雙方的處境瞬間反轉，速度快得就像西部片中的情節。

「王八蛋！」

春生一拳打在山鹿的臉上，然後扒光他的衣服，從衣服中拿出鑰匙。

剛才一陣慌亂中，鷺太郎不小心將「伴手禮」丟了出去。他將蛋糕盒撿起，對山鹿說：「山鹿先生，這可是我送你的大禮喔，你看，裡面全是蝴蝶跟蛾！」

「別、別過來……」

山鹿瞬間沒了血色，全身變得跟紙一樣慘白，並開始瑟瑟發抖。他的雙眼充血凸出，嘴唇也變成了深紫色，牙齒不斷打顫。

世上竟有人會怕成這個樣子，而且對象還是可愛的蝴蝶。

鷺太郎打開箱子，二十多隻蝴蝶與飛蛾被亮光吸引，立刻就飛了出來，沒多久就四散到各個角落。因四面都是鏡子，看上去整間房間到處都是蛾蝶亂舞，那景象有如飄落的櫻花一般美不勝收，瞬間將地下室化作夢幻的春天國度。

山鹿嚇得癱倒在地，許多蛾與蝴蝶也飛來他身邊，彷彿特地來觀賞這場表演的終曲似的。

三人在觀察一陣後，發現山鹿已動彈不得，雖然他們拿了鑰匙，但暫時還不能離開，便決定繼續往下一間房間走。

和上一間房間一樣，這間房間也有二十坪大。然而，眼前的景象卻讓三人目瞪口呆，因為這間房間中，除了豪華的傢俱與床，還有約二十個年輕女孩。她們不是穿著薄紗，就是一絲不掛，見到鷺太郎等人突然闖入，個個都愣在原地，驚恐地抬頭望著他們。

後來鷺太郎才發現，這間房間的四面牆壁也貼滿了鏡子，實際上只有四、五個女孩。三人不禁納悶，這個地下裸女國度究竟是怎麼回事。

女孩們臉上都帶著妝，皮膚嫩得吹彈可破。三人四處翻找，卻找不到衣服給她們蔽體，彷彿世上沒有衣服這種東西似的。

這時他們聽到有人在打呼，定睛一看不禁嚇了一跳，床上竟然有個睡得跟豬一樣的男人，更令人驚訝的是，那人竟是嚴禁鷺太郎與山鹿打交道、扣著他的財產的叔叔——田母澤源助。

鷺太郎瞬間恍然大悟，叔叔應該是山鹿這個地下王國的大客戶，所以才會以鷺太郎被騙為緣由，控管他的財產，然後全部花在這個裸女國度。

裸女們見鷺太郎等人不是壞人，便鼓起勇氣靠近他們，把自己的淒涼遭遇全盤托出。

期間他們根本不知道眼神該往哪放，因為無論看向哪裡，都會看到女孩們裸露的軀體。

簡單來說，這些女孩不是無親無故的孤兒，就是被窮人賣掉的小孩。

山鹿像買狗一樣把她們買回來，把她們裝飾得跟娃娃一樣，建立了這個裸女王國。

光是這些娃娃還無法滿足他的需求，他愛上了大井瑠美子，告白被拒後，便心生怨恨殺了對方。只能說，山鹿十介就是個十惡不赦的惡魔。

在那之後，「殺人」便成了這個地下國王的最新嗜好。殺人詭計的成功讓他感到非常興奮，為了追求刺激，他甚至打算將這些女孩作為犧牲品。

也難怪在Z海灘遇害的那個女孩一直查不出身分，大概就連她本人也不知道自己真正的名字叫什麼。

這些全身粉味的女孩知道如何誘惑男人，卻連小學生該有的常識都沒有。可想而知，山鹿對她們施行了多麼不堪入耳的教育。

一股怒火在鷺太郎的心中熊熊燃燒，他氣沖沖地衝到隔壁房間，打算找山鹿算帳。

「天啊……」

剛才他們為了找鑰匙而扒光了山鹿的衣服，導致山鹿的皮膚碰到蝴蝶和蛾的鱗粉，全身長滿了大大小小的水泡，彷彿被火燒過一般紅腫，而且已經沒了呼吸。

「山鹿被蝴蝶殺死了。」

鷺太郎呢喃道。

女孩們像貓咪一樣聚集到三人身邊，愉悅地俯視山鹿的屍體。

「這應該是強烈的厭惡感所引發的症狀，所以才會碰到鱗粉就引發皮膚潰瘍，甚至心臟痲痺。」春生說完，畔柳博士也點頭。

「咦？怎麼有奇怪的味道？」三人看向門口，下一秒立刻打開房門。

「失火了！」

這棟別墅竟莫名其妙地著火了，濃煙一路漫延到地下室的門口。

「應該是那個老太婆幹的！」春生拔腿就往上衝。

「冷靜點！別慌！」畔柳博士大吼道。然而，所有人還是爭先恐後地往上跑。

事發突然，眾人根本來不及將山鹿的屍體搬出，睡相醜陋的田母澤源助也被留在了地下室。

火勢已相當猛烈，一行人剛衝上去，梁柱便應聲倒下，金色的火花瞬間四散，看上去就像煙火一般，甚至比海灘上的煙火更加絢麗。

幾個全裸的美麗女孩在烈火中四處亂竄，有如火焰妖精般美麗眩目，在這座K海濱小鎮的高地上狂歡舞動。

熊熊燃燒的火焰不斷搖動閃爍，在三人心中映照出不同的影子。

「就這樣吧……」

畔柳博士轉頭看向鷺太郎說道。在嗆人濃煙的影響下，他的聲音相當嘶啞。

作者簡介

蘭郁二郎（らん いくじろう，一九一三—一九四四）

東京人，本名遠藤敏夫，亦曾以林田葩子為筆名。就讀東京高等工業學校電氣工學科期間，曾以〈憋氣的男人〉參加《江戶川亂步全集》附錄徵稿，獲得佳作。一九三五年創立推理同好雜誌《偵探文學》，一九三八年起在《小學六年級生》雜誌上連載的科幻小說〈地底大陸〉大受歡迎，躋身為當紅作家，並積極發表科幻小說作品。二次大戰期間，蘭郁二郎被徵召入伍，成為海軍的報導兵。在一次原定至東南亞採訪的航程中，飛機不幸失事，蘭郁二郎因公殉職，得年三十一歲。

蘭郁二郎早期作品以詭譎的推理小說為主，後轉向科幻小說，與海野十三並稱為戰前日本科幻小說的先驅。著有〈夢鬼〉、〈魔像〉等作品。

白金神經少女

腦洞大開的科幻戀情，
蘭郁二郎怪奇趣味短篇傑作選

書　　名　白金神經少女
作　　者　蘭郁二郎
譯　　者　劉愛夌
策　　劃　好室書品
選文顧問　林斯諺
特約編輯　陳靜惠
封面設計　劉旻旻
內頁排版　洪志杰

發 行 人　程顯灝
總 編 輯　盧美娜
美術編輯　博威廣告
製作設計　國義傳播
發 行 部　侯莉莉
財 務 部　許麗娟
印　　務　許丁財
法律顧問　樸泰國際法律事務所許家華律師

藝文空間　三友藝文複合空間
地　　址　106 台北市安和路 2 段 213 號 9 樓
電　　話　(02)2377-1163

出 版 者　四塊玉文創有限公司
地　　址　106 台北市安和路 2 段 213 號 9 樓
電　　話　(02) 2377-1163、(02)2377-4155
傳　　真　(02) 2377-1213、(02)2377-4355
E-mail　service@sanyau.com.tw
郵政劃撥　05844889 三友圖書有限公司

總 經 銷　大和書報圖書股份有限公司
地　　址　新北市新莊區五工五路 2 號
電　　話　(02) 8990-2588
傳　　真　(02) 2299-7900
初　　版　2023 年 3 月
定　　價　新台幣 388 元
I S B N　978-626-7096-29-1（平裝）

國家圖書館出版品預行編目 (CIP) 資料

白金神經少女：腦洞大開的科幻戀情，蘭郁二郎怪奇趣味短篇傑作選 / 蘭郁二郎 著；劉愛夌 譯 .-- 初版 . -- 台北市：四塊玉文創有限公司 , 2023.03　224 面；14.8X21 公分 . --
(HINT：9)
ISBN 978-626-7096-29-1 (平裝)

861.57　　112001129

SANYAU
http://www.ju-zi.com.tw
三友圖書
友直 友諒 友多聞

三友官網　　三友 Line@

HINT

HINT